ベリーズ文庫

一途な海上自衛官は
時を超えた最愛で初恋妻を離さない
～100年越しの再愛～
【自衛官シリーズ】

皐月なおみ

STARTS
スターツ出版株式会社

目次

一途な海上自衛官は
時を超えた最愛で初恋妻を離さない
～100年越しの再愛～
【自衛官シリーズ】

第一章　『うみかぜ』にて

芽衣《めい》が彼と出会ったのは、日差しが強くなりはじめた、少し風が強いよく晴れた初夏のことだった。

横須賀《よこすか》湾を望む丘の上に建つ定食屋『うみかぜ』では、ランチタイムの真っ最中。普段よりもたくさんの客が詰めかけている。

わいわいガヤガヤと賑《にぎ》やかな店内で、秋月《あきづき》芽衣は、背中まであるストレートの髪をひとつにまとめて〝うみかぜ〟と染め抜かれた青いエプロンを身につけてテーブルとテーブルの間を忙しく歩き回る。定食を載せた盆を客のもとへ運び、客が帰った後のテーブルを片付ける。

その間も、通りに面した引き戸の扉は、ひっきりなしにガラガラと開き、客たちが暖簾《のれん》をくぐる。皆に〝マスター〟と呼ばれているうみかぜの主人が張りのある声で彼らを出迎えた。

「お、おかえり！　久しぶりだね」

「ただいまマスター。空いてる？」

「ああ、ちょうど今空いたよ。芽衣ちゃん、二名さまご来店」

うみかぜのマスターは、客を〝いらっしゃいませ〟ではなく〝おかえり〟と言って出迎える。客もまたそれを不思議そうにするでもなく〝ただいま〟と答える。

「いらっしゃいませ。窓際の席へどうぞ」

ここで働きはじめて三カ月。マスターと客たちのちょっと変わったやり取りには慣れたけれど、まだ自分が口にするのは照れ臭い。これはマスターと彼らが特殊な関係だからこそ成り立つものなのだ。マスターも芽衣に強要はしない。

「こんにちは、芽衣ちゃん。日替わりふたつお願い」

「かしこまりました」

お冷のグラスを置いて、マスターにオーダーを通してから、芽衣は他の空いたテーブルを片付ける。うみかぜの店員は芽衣とマスターのみだから、目の回る忙しさだ。

朝から芽衣とマスターで下ごしらえをした食材がすごい速さでなくなっていく。

今日の日替わり定食は、とんかつと唐揚げの盛り合わせに山盛りのサラダ、具だくさんの味噌汁、ご飯は大盛りというボリュームだが、それでも大抵の客がおかわりするのだから驚きだ。

「日替わり定食お待たせしました」

芽衣がほかほかといい匂いをさせる盆を客たちの前に置くと、とたんに彼らは顔をほころばせる。

「ありがとう。お、今日もうまそうだ」

「いただきます」

ひとつ向こうの席では食事を終えた客が満足そうに腹をさすっている。

「食った食った。やっぱ久しぶりのうみかぜの食事は最高だな」

「これを食べたら帰ってきたって感じがするよな」

その光景に、芽衣は手を止めて口元に笑みを浮かべる。お腹を空かせた人たちが、美味しいものをお腹いっぱい食べて心まで満たされる。それを見るのが芽衣はなにより好きなのだ。

「芽衣ちゃん、アジフライ定食あがったよ」

またマスターから声がかかり、芽衣は慌ててカウンターへ戻った。

「やー、今日は大変だったね。芽衣ちゃんが来てから一番忙しかったんじゃない？」

客足が落ち着いた午後一時半、マスターが、カウンターに芽衣のまかないを置いてそう言った。

「そうですね、ここまではじめてです。ちょっとびっくりしました」

芽衣はマスターが芽衣のために作ってくれたオムライスを前に、いただきますと手を合わせる。

うみかぜは普段から常連客で賑わっているけれど、ここまでの忙しさは経験していない。六席あるカウンター席の他、四人掛けのテーブル席が六つあるホールがずっと満席だった。いつもの顔ぶれに加えて、芽衣がはじめて見る顔もいた。マスターは親しく話をしていたから、常連客ではあるはずだが。

「なにかあったんでしょうか？」

首を傾げると、マスターがにっこり笑って窓の外に視線を移す。そして眩《まぶ》しそうに目を細めた。

「『いずも』が帰ってきたからだよ」

つられて芽衣もそちらを見る。晴れ渡った青い空のもと、街の向こうに広がる海上自衛隊の横須賀基地にグレーの艦艇《かんてい》が停泊している。

この街へ来て数カ月の芽衣にとっては、はじめて見る巨大な船だ。

「いずも……？」

「横須賀基地を母港とする海上自衛隊の護衛艦だよ。戻ってくるのは数カ月ぶりだな。

乗船していた隊員たちが久しぶりに上陸したんだろう。休暇に入ってさっそく来てくれるのが嬉しいね」

ここうみかぜに来る客は、ほとんどが横須賀基地所属の海上自衛官なのである。今年還暦を迎えるマスターこと衣笠昌史《きぬがさまさし》も元海上自衛官で、将来は幹部になると確実視されていたエリートだった。

どういう事情があって退官したのか不明だが、今は基地を見下ろすこの場所で、定食屋うみかぜを経営している。

うみかぜは、日々厳しい訓練に耐える若い隊員たちが美味しいご飯をお腹いっぱい食べられるようにとの思いからマスターが開いた店で、メニューはどれも量が多く、ご飯はおかわり自由なのだ。量だけでなく家庭的な味も評判で、寄宿舎で生活している独身者や、近くの『防衛大学校《ぼうえいだいがっこう》』の学生などは、ここの定食を食べると実家に帰ったような気になれると言う。だからマスターは、彼らを「おかえり」と言って迎えるのだ。

「なら……明日からはしばらくこの忙しさですか？」

芽衣が尋ねるとマスターが頷《うなず》いた。

「ああ。おそらく夜は勤務を終えた者も来るから、もっと忙しくなるよ」

「じゃあ、夜の煮物は多めに準備しましょうか。肉も追加で持ってきてもらった方がいいかも」

「そうだな。それから芽衣ちゃん特製のポテトサラダも」

　店が開いている時間帯は、調理はマスター、ホールは芽衣と役割分担しているが、開店前は芽衣も調理する。オムライスを食べながら頭の中であれこれ算段していると、マスターがにっこりと笑った。

「やっぱり芽衣ちゃんは頼りになるね。来てくれて本当によかったよ。お客さんたちの評判もいいし、それだけでもありがたいのに、調理の腕も一流だから」

　芽衣は頬を染めて首を横に振った。

「そんな……私はまだ修行中の身です」

「そんなことはないよ。もう十分ここの戦力だ。この間のお客さん、芽衣ちゃんのポテトサラダが売り切れで随分残念そうにしてたじゃないか」

　ここへ来る前、芽衣は都内の三つ星ホテルの厨房で働いていた。

　その経験があるからこそ、まだ働きはじめて三カ月しか経っていないのに、調理をやらせてもらえるのだ。

　それでも、同じ食材同じ調理法で作っているはずなのに、マスターの優しい家庭的な味には及ばなくて愕然《がくぜん》とする日々だ。

マスターからは、なんでもチャレンジしていいと言われてはいるが、今のところ芽衣としては、味付けまですべてをやり、客に出していいと思えるのは、いくつかのメニューだけ。その中のひとつがポテトサラダだった。

うみかぜは夜営業もメニューは変わらない。一応酒は出すけれど隊員たちは酒を飲みに来るわけではなく、あくまでも夕食を取りに来るからだ。

もちろんビールくらいは飲むのだが、そんな時、うみかぜには特につまみになるメニューがない。皆、定食についてくるポテトサラダを突いている。

それに気がついた芽衣は、ポテトサラダにアレンジを加えてはどうかとマスターに提案したのだ。

ハムをパストラミに変更して粉チーズを加え黒胡椒をアクセントにピリリとした味付けにすると、酒に合う一品になる。それでいてジャガイモをたっぷり使っているから、お腹も膨れて一石二鳥。試しに出してみるとこれが大好評で、今やすっかりうみかぜの定番メニューとして定着している。

マスターが洗っていた鍋を干して手を拭いた。

「芽衣ちゃん、ちょっとジャガイモがどのくらいあるか見てくるよ」

そう言って厨房に入っていく。

芽衣はオムライスを食べながら、それ以外の食材は……と考えを巡らせた。営業にあたり食材をどのくらい用意しておくかは、料理をするより難しいと芽衣は思う。

曜日や天気、過去の売り上げの推移、さまざまな情報を考慮して決定するのだが、ここうみかぜでは、艦艇が基地に停泊しているかどうかが目安になるというわけか。

そんなことを考えながら、芽衣が窓の外に目をやった時、店の扉がガラガラと音を立てて開いた。

反射的に芽衣はスプーンを置いて立ち上がる。

「いらっしゃ……」

言いかけて、口を閉じた。

暖簾をくぐってきた三十代くらいの男性は、屈強な男性を見慣れている芽衣でも、目を見張るほど背が高く、がっちりと鍛え上げた身体つきをしている。それでいて、黒いストレートの髪に切れ長の目とスッと通った鼻筋の精悍《せいかん》な顔つきは、どこか洗練された印象だ。十中八九、海上自衛官なのだろうが、それにしても他の隊員とは少し違った印象を受ける。

芽衣にとっては、はじめて見る顔だ。

——それなのに。

「おかえり……なさい」

思わず芽衣はそう声をかけてしまう。

どうしてか、そう言うべきだと思ったのだ。

男性は後ろ手に扉を閉めながら、首を傾げて芽衣を見る。少し間をおいて、低い声で答えた。

「……ただいま」

「晃輝《こうき》じゃないか。おかえり」

厨房から戻ってきたマスターが、男性に声をかける。

驚いて芽衣は振り返った。マスターが客におかえりと言うのはいつものこと。名前を呼んでいるのも珍しくはないけれど、下の名前を口にするのははじめてだ。

不思議に思う芽衣に向かって、マスターがにっこりと笑った。

「芽衣ちゃん、どうして晃輝が俺の息子だってわかったの？」

「え？　息子さん……なんですか？」

「あれ？　わかってなかったの？　おかえりと声をかけたからてっきり……。そう、こいつは俺の息子だよ。いずも所属の一等海尉《かいい》だ」

マスターに三十三歳の息子がいるのは知っていた。海上自衛官で基地近くのマンションでひとり暮らしをしていると聞いていたが、会うのは今日がはじめてだ。芽衣がここで働きはじめてから今日まで、長期の訓練に出ていてずっと戻ってこなかったからだ。

そう言われて改めて見ると、男性はマスターと目元がよく似ている。ただ、柔和な雰囲気のマスターと違い、現役の自衛官らしい厳格な雰囲気を漂わせている。

父親の店に見知らぬ女性がいるのを不審に思っているのか、訝《いぶか》しむように芽衣を見ている。

「衣笠一尉、お疲れさまです」

奥の席にいた若い客から声がかかる。顔見知りなのようだ。

自衛官は階級が上の者を名前と階級で呼ぶ。他の客たちも立ち上がり敬礼しているということは、この場にいる者の中で彼が一番階級が上なのだろう。

「お疲れ」

晃輝が答え、皆が座るのを見届けてから自分もカウンター席に腰掛けた。

マスターが、晃輝に芽衣を紹介する。

「晃輝、彼女は秋月芽衣さん。三カ月前から働いてもらっているんだよ。もうすっかり常連さんたちの人気者だ」

「……よろしく」

晃輝が芽衣に向かって口を開いた。

「こちらこそ、マスターにはお世話になっております」

芽衣もぺこりと頭を下げた。

「芽衣ちゃん、さっきも言ったがこいつは俺の息子、晃輝だ」

簡単な紹介を終えると、マスターは日替わり定食でいいかと晃輝に確認してから、厨房の中へ戻っていった。

芽衣がオムライスを食べ終えると、晃輝のための定食が出来上がる。それを彼のもとへ持っていくと、手を合わせて食べはじめる。あっという間に平らげて会計を済ませると彼はさっさと帰っていった。

静かに閉まる扉を見て芽衣は少し意外な気持ちになっていた。晃輝は食事をする間、マスターとほとんど話をしなかった。数カ月ぶりの親子の再会としてはやや素っ気ないように思えたからだ。

「珍しいですね。衣笠一尉がうみかぜに来られるなんて」

レジで会計をしている客がマスターに向かって言った。

「まぁ、ほとんど来ないね。長期で家を空ける前と、帰ってきた時くらいかな。芽衣ちゃん、悪いね。無愛想な息子で」

「いえ、そんな。私はべつに」

晃輝の食器を片付けていた芽衣は、手を止めて首を横に振った。

マスターとの会話の少なさには驚いたが、彼自身から嫌な印象は受けなかった。芽衣が定食を運んでいくとはっきりとした声で『ありがとう』と礼を言われたし、食事姿は背筋が伸びて綺麗だった。

今片付けている食器類も米粒ひとつ残っておらず箸《はし》も揃《そろ》えられている。芽衣が片付けやすいようにお冷のグラスは盆の上に載せてあった。

仕事柄、食事をする人や食べた後の様子を目にすることが多い芽衣にとってはむしろ好印象だ。

客が目を輝かせて、勢い込む。

「お会いできて嬉しかったです。衣笠一尉は僕の目標なんですよ。僕の同期も皆言ってます。職務にストイックで自分に厳しい方なんで、お見かけするだけで自分も頑張らなきゃって思わせてもらえるので」

「目標にするなら、もっと上の階級の者がいるだろうに。あいつはまだ一尉。ここまでは皆一斉昇進だろう」

マスターが肩をすくめた。

「ですが、衣笠一尉が幹部になられるのは間違いないですよ。幹部中級課程をトップの成績で終えられたと聞きました。近々、指揮幕僚課程も受けられるはずです。将来は艦長になる器の人物だって上官たちも言ってます」

客がマスターに熱弁を振るう。

飛び交う専門用語に面食らう芽衣に、マスターが補足する。

「海上自衛隊には教育課程がいくつかあってね。晃輝は防衛大を卒業して入隊したからもともと幹部候補生ではあるんだが、入隊してからもさまざまな試験や教育課程を受ける必要がある」

そこで優秀な成績を収めた者だけが、幹部になれるという。

それにしても入隊してからもずっと教育を受け続ける必要があるなんて、厳しい世界なのだ。

「僕は所属が違うので普段はお話しできないですが、今日はご挨拶できてラッキーでした」

嬉しそうにそう締めくくり、客は帰っていった。彼は最後の客だからランチタイムはこれで終わりだ。

「ありがとうございました」

声をかけながら、芽衣は晃輝が座っていた場所のカウンターを拭く。さっきまでそこに座っていた彼の姿が頭に浮かんだ。

定食を前に手を合わせて目を閉じていた姿は厳しい印象を受けたが、若い隊員からの挨拶に答えていた時の目元は、マスターと同じように優しげだった。はじめて会うはずなのに、なぜかそんな気がしなかったのは、どことなくマスターと面影が似ていたからだろうか。

「芽衣ちゃん、俺、肉屋に電話してくるよ」

マスターに声をかけられ、少しうわの空だった芽衣はハッとする。

「はい」

答えて、再び手を動かした。

「お先に失礼します」

オレンジ色の暖かな明かりが灯る店内に声をかけて、芽衣はガラガラと扉を開けて店を出る。ふわりと感じる夜の風は、もう夏の匂いがした。

うみかぜの建物は三階建ての小さなビル。一階が店舗で二階がマスターの自宅、三階はワンルームの賃貸マンションになっていて、芽衣は三部屋あるうちの一室に住んでいる。

時刻は午後九時を回ったところ、勤務を終えての帰宅中だ。

うみかぜの夜営業は、午後五時から午後十時までだが芽衣の勤務は九時までなのだ。芽衣が夜遅くに帰宅するのは心配だと、マスターがそう決めた。

芽衣はうみかぜの建物の三階に住んでいるのだから、危険なことなどなにもないと、芽衣は思うのだけれど。

ふんふんと鼻歌を歌いながら、芽衣はビルの外階段を上る。

今夜のうみかぜは予想通り大盛況だった。海外長期演習から帰国した客たちが、マスターの味を求めてやってきたのだ。

いつもより多めに準備した芽衣特製のポテトサラダは、はじめて食べる客たちにも好評で、あっという間になくなった。

お腹を空かせてやってきた客が、満たされ笑顔になって帰っていく。

うみかぜは、まさに芽衣が理想としていた店で、そこで働けるのが嬉しくてたまらない。

四カ月前の芽衣には、想像もできなかった。

この街へ来る前、芽衣は都内の三ツ星ホテルで働いていた。

調理師学校を出てすぐに就職した職場で、そこで芽衣は調理の基礎を叩き込まれた。上下関係が厳しく先輩の指示が絶対という雰囲気の場所で、理不尽な思いをたくさんしたが、学ぶべきことも多く、一生懸命働いた。いつかは独立し自分の店を持つことを目標にして。

状況が一変したのは、系列ホテルから三十代のチーフが異動してきたのがきっかけだった。料理長が引き抜いたという彼は確かに料理の腕は一流だった。だがすぐに芽衣に対して妙に馴れ馴れしくしはじめたのだ。

メニューを考えるからと、勤務時間後に芽衣ひとりだけ残されたり、リサーチと称して、休日に呼び出されふたりきりでの食事に付き合わされたり。はじめは気のせいだと思っていたが、回を重ねるごとに、セクハラめいたスキンシップは増えていった。

決定打になったのは、家まで送ると言われて断りきれず玄関までついてきたチーフに、部屋に上がり込まれそうになったという出来事だ。

『付き合ってるんだから、いいだろう』

そう囁《ささや》かれて、芽衣の頭は混乱を極めた。仕事だと言われたから付き合っていたのだ。なにをどう解釈したらそうなるのだろう。

パニックになりながらも彼の思い込みを否定して、そういうつもりならこれ以上の個人的なやり取りはしないときっぱりと言い切ると、彼は激昂《げっこう》し暴言を吐いた。

『んだよ、なら紛らわしいことすんな！　ぶす』

さいわいにしてそれだけで彼は帰っていき事なきを得たが、その時の恐怖は今でも胸に焼きついている。

しかも一連の出来事はそれだけでは済まなかった。次の日から芽衣は職場でそれまで任されていたすべての役割から外されたのだ。さらに、芽衣が彼に身体を使って取り入り、サブチーフに昇格しようとしたなどというありもしない噂を流され、皆に白い目で見られる日々がはじまった。

冷たい視線を向けられながら、皿洗いだけをする日々をそう長くは続けられず、ある朝、足がすくんで厨房に入れなくなったのを最後に、退職を余儀なくされた。

仕事を辞めた後、社宅を引き払った芽衣はしばらく都内のカプセルホテルに滞在していた。故郷の東北にいる家族に退職の件を言えていなかったからである。かといって就職活動をする気力もなく、ぼんやりと過ごしていた。

横須賀へ来たのは、偶然だ。

その日、芽衣は本当は横浜《よこはま》に行くつもりだった。芽衣の退職を知った幼馴染《おさななじみ》に、会いに来いと誘われたからである。

だが、当日相手に急な仕事が入りキャンセルになった。連絡が入った時すでに電車に乗っていた芽衣はどうせだからと、そのまま横須賀へ行ってみようと思ったのだ。

上京してから資格取得に料理の修行にとほとんど遊ぶ暇がなかった。観光でもして、大好きだった仕事を辞めざるを得なくなって沈んでいた気持ちを立て直せればという藁にもすがる思いだった。

けれど、期待も虚しく異国情緒溢れる街並みにも横須賀名物のハンバーガー屋にも芽衣の心は浮き立たなかった。これではもう自分は料理の道に戻れないかもしれないと思いながら、日が暮れかけた街をぼんやりと歩いていた時、高台に建つうみかぜのビルから漏れる橙色《だいだいいろ》の明かりを目にしたのだ。

その瞬間、あそこへ行きたいという強い思いが芽衣の心を貫いて、なにかに誘われるように青い暖簾をくぐり、マスターに『おかえり』と迎えられたのだ。

あの時飲んだ温かい味噌汁の味は生涯忘れないと思う。

ホテルでの出来事があってから、なにを食べても味を感じなくなっていた。このままでは大好きな仕事ができなくなると絶望していたけれど、マスターが出してくれた味噌汁を心から美味しいと思えたのだ。同時に、ギリギリまで踏ん張っていた思いが溢れ出て、涙が止まらなくなってしまった。

そして気がついたら、『ここで働かせてほしい』とマスターにお願いしていたのだ。お腹を空かせてやってきた人が、ひとときの間ホッとできて、お腹だけでなく心まで満たされる。こんな店がまさに自分が理想としていた場所だ。ここでなら、また料理を好きだった自分に戻れるかもしれない。

今から思い返してもなぜあんなことができたのかと恥ずかしい気持ちでいっぱいになる。うみかぜでは、べつに求人を出していたわけではないのに。

それでもマスターが芽衣を雇ってくれたのは、夜遅くにひとりで突然やってきて泣き出した芽衣を放っておけなかったからだろう。

過去を思い出しながら家に帰ると、芽衣はすぐにシャワーを浴びる。夕食はまかないで済ませているから、あとは寝るだけだ。

さっぱりしてバスルームから出てきた芽衣は、横須賀基地が一望できる窓を横目にタオルで髪を拭きながらベッドに座る。シーツの上のスマホにメッセージが届いているのに気がついて手に取った。

開いてみると、絵文字交じりの文面が目に飛び込んでくる。

《芽衣、元気にしてる？　そっちはもう暑いでしょう？　新しい生活は落ち着いた？楽しくやってるみたいだけど、無理してないか少し心配。頑張りやさんなのは芽衣のいいところだけど、甘えることも必要よ。顔を見たいから、一度こっちに帰ってきて》

芽衣は口元に笑みを浮かべた。

小言を挟みながら、芽衣を心配するメッセージの発信者は、芽衣の生まれ故郷、東北にいるおばちゃん。芽衣の育ての親だ。

戸籍の繋がりでいうと母親の従姉妹《いとこ》にあたる人物で、芽衣は小学三年生の夏から都内の調理師学校に入るまで、彼女のもとで育てられた。

その夏、芽衣の両親が亡くなったからだ。原因は旅行中の事故だった。

漁師をしている父の友人が住んでいる町へ家族で遊びに行った際、両親は友人と海釣りをするため船で海へ出てそのまま帰ってこなかった。乗り物に酔ってしまう芽衣だけは友人宅で友人の母親と一緒に待っていて無事だった。その友人の母親には何度か会ったことがあり、優しくて好きだったから芽衣自身がそう望んだのだ。

すでに祖父母も亡くしていて、このままでは施設に入るという状況の芽衣を引き取ってくれたのが、従伯母《いとこおば》だったのだ。

彼女は、芽衣が料理人を目指すきっかけとなった人でもある。独身で信用金庫に勤めている彼女は、芽衣を育てるために一生懸命働いていた。大人になった芽衣から見ても彼女は仕事をバリバリこなす憧れの存在だ。そんな彼女の手伝いをしたくてはじめたのが、毎日の夕食作りだったのだ。

はじめは失敗ばかりだったが、それでも従伯母は、美味しいと言って食べてくれて、それが嬉しくて芽衣は料理が好きになったのだ。

たくさんの人に自分の料理を美味しいと言ってもらえるように、都内の調理師学校へ進学したのである。従伯母は、奨学金を利用した関係で上京せざるを得なかった芽衣を心配してくれていて、離れていてもこうやってちょくちょく連絡を取り合っている。

《あまり無理しないでね。いつでも帰ってきていいんだから》

前職での出来事を話したわけでもないのに、彼女がどこか心配そうなのは、芽衣の引っ越した先が横須賀だからだ。

両親を海の事故で亡くしてすぐの頃、芽衣には海や船に恐怖心を抱いていた時期があり、テレビなどで海が映ると両親を思い出してよく泣いていた。

成長するにつれて、怖い記憶は薄れていき今はもう平気だ。もちろん好きだというわけではないけれど、小さい頃のように怖いとは思わない。

けれど従伯母はいまだに安心できないようで、今でも芽衣がつらい思いをしないように、両親の話題は避けている。だから芽衣が港町である横須賀にいることを心配しているのだろう。

《大丈夫だよ～！ すごくよくしてもらってて、楽しく働いてる。引っ越し、事後報告で心配かけてごめんね。おばちゃんも身体に気をつけて。帰れそうだったら一度帰るようにする》

芽衣はメッセージに返信して、ごろんと横になった。身体は疲れていても、心は一日中働いたという充実感に満たされていた。

目を閉じて今夜のうみかぜの様子を思い浮かべる。今日来たお客さんも笑顔で帰っていった。明日も皆に喜んでもらえるように頑張ろう。

そこでふと、昼間に見た晃輝の姿が脳裏に浮かび、芽衣ははたと目を開いた。

そういえば、どうして自分はあの時、彼に『おかえりなさい』と言ってしまったのだろう？

うみかぜ名物おかえりの挨拶は、気恥ずかしくてなかなか口にできなかったのに……。

恩人であるマスターに面影が似ているのを無意識のうちに感じたからだろうか？

あるいは芽衣自身が、うみかぜに心から馴染んだから？

マスターと同じ気持ちで客たちを迎えられるようになってきたのかもしれない。

――そうだとしたら嬉しいな。

そんな温かい思いを感じながら、芽衣は再び目を閉じて、心地いい眠りに落ちていった。


うみかぜでは、金曜日の昼営業のメニューは、カレーライスだけになる。これは客のほとんどが海上自衛官であるということが関係している。

海上自衛隊の艦艇の食事は、長期の航海の際、艦艇の中で過ごす隊員たちの曜日感覚を保つために、金曜日はカレーと決まっている。そのため隊員の中には、船を下り陸にいる期間も金曜日になるとカレーを食べたくなる者がいるのだという。

はじめはそんな要望に応えて金曜日だけ定食に加えてカレーを出すようになったようだ。だが結局カレーばかりが売れるため、金曜日はカレーだけになったのだ。

その日のカレーを売り切り、客が皆帰った頃に、晃輝はやってきた。

「お……かえりなさい」

ガラガラと扉を開けて暖簾をくぐってきた彼を見て、芽衣は思わずそう声をかける。

そしてそんな自分に驚いた。

昨日、彼に対して『おかえりなさい』と言えたのをきっかけに、今日からは他の客にも同じように言えるかと思っていたけれど、結局、気恥ずかしくて言えなかったからだ。

――やっぱり私は「いらっしゃいませ」でいいや。

そう思っていたのに、晃輝の姿を見た瞬間にどうしてかまたおかえりなさいと口から出てしまっている。

晃輝が一瞬動きを止めて「ただいま」と答えた。

「あれ、珍しいじゃないか、晃輝。お前が二日連続で来るなんて。また演習に出るのか？」

芽衣のまかないを準備していたマスターがカウンターの中から声をかけた。

「いや……。ちょっとカレーを食べたくなったんだ」

晃輝がやや気まずそうに答えた。

その言葉に、芽衣は口元に笑みを浮かべる。やっぱり海上自衛官は陸にいても金曜日になるとカレーを食べたくなるのだ。

そこで、晃輝が自分を見ていることに気がついて、慌てて笑みを引っ込める。

「すみません……。海上自衛官の方はやっぱり金曜日になるとカレーを食べたくなるんだな、と思って」

不快に思われたかもしれないと、申し訳ない気持ちで芽衣が謝ると、晃輝が目元を緩めた。

「いや、いいよ。……もうこれは職業病みたいなもんだね」

思いがけず柔らかな答えが返ってきて、布巾《ふきん》を手にしたまま芽衣は瞬きを繰り返す。

隣でマスターが残念そうに口を開いた。

「だけどタイミングが悪かったな、晃輝。カレーはさっき売り切れた」

「マスター、私の分をお出ししてください」

確かにカレーは売り切ってしまったが、芽衣のまかないとして、ひとり分だけ残してあるのだ。それを食べてもらえばいい。

「いや、そこまでしてもらわなくて大丈夫。遅くに来たのが悪いんだ。なにもないなら帰るよ」

晃輝がそう言って帰ろうとする。

「でも、せっかく来てくださったのに。私は後で適当になにか食べますから」

「じゃあ、芽衣ちゃんには炒飯《チャーハン》を作るよ。晃輝、座れ。先にお前のカレーを出す」

マスターがニコニコと笑って結論を出した。

晃輝もそれ以上固辞せずにカウンターに座る。

マスターがカレーを晃輝の前に置くと、彼は背筋を伸ばして目を閉じる。大きな手を静かに合わせた。

「いただきます。カレーをいただいてしまって申し訳ない。……お先に」

芽衣に断ってから食べはじめた。

――やっぱり、この人の食べ方好きだな。

マスターが炒飯を炒める音を聞きながら晃輝からふたつ空けたカウンター席に座り、芽衣はそんなことを考える。

綺麗な食べ方と丁寧な仕草からは、目の前の食べ物と作ってくれた人に感謝する気持ちが伝わってくる。

料理人としては、こんな風に食べてもらえるのは嬉しい。

「……なにか？」

晃輝がスプーンを持つ手を止めて芽衣を見た。問いかけられて、芽衣は自分が彼をじっと見てしまっていたと気がついた。

「あ、すみません。……すごく美味しそうに食べられるので、その……嬉しくて」

素直な感想を口にすると、彼は不意を突かれたように瞬きをした。

また変なことを言ってしまった。

そう芽衣が思っていると、彼は咳払いをして水を飲んでから口を開いた。

「本当に美味しいからだよ」

率直な言葉に今度は芽衣が不意を突かれる。嬉しくて頬が熱くなった。

「あ……ありがとうございます」

「うまいだろう。最近はカレーも芽衣ちゃんが作るんだよ」

マスターが、炒飯を芽衣の前にコトリと置いて晃輝に言った。

「なにしろここに来る前は、三ツ星ホテルの厨房で働いていたんだから。ホールだけじゃなくて厨房にも入ってもらえるからすごく助かってるよ。だけどちょっとストイックなんだなー。俺は芽衣ちゃんが作る料理はどれもお客さんに出していいと思うんだが」

そう言ってマスターが困ったように芽衣を見る。あまりにもかいかぶりすぎのその言葉に、芽衣は慌てて口を開いた。

「マスター、私ストイックじゃありません。どう考えても私の味はまだマスターと同じようにお客さんに食べていただける段階にはないです」

マスターが首をポリポリとかいた。

「今のところポテトサラダとカレーと、あとなんだったかな」

「煮魚です」

「そう、煮魚。その三つをお願いしているんだよ」

マスターが晃輝に向かってそう言うと、彼はカレーを食べながら無言で頷いた。

「早くマスターと同じ優しい味を出せるようになりたいです」

「俺はもう十分だと思うがね」

そんなやり取りをしてから、芽衣がいい香りがするほかほかの炒飯に向かって手を合わせると、ちょうど晃輝がカレーを食べ終えた。

「ごちそうさま。カレーをもらってしまって、申し訳なかった」

もう一度芽衣に謝る。

「いえ。マスターの炒飯大好きなのでラッキーでした」

首を振って答えると、彼は頷き食器をカウンターの中へ持っていく。食事中の芽衣を気遣ってくれたのだ。

「ごちそうさま。会計を」と言ってポケットに手を入れるが、マスターが首を横に振った。

「金はいいよ。昨日も言ったじゃないか。ここはお前の実家なんだから、いつでもご飯を食べにおいで」

優しくマスターは言うが晃輝はなにも答えなかった。

ただ無理に支払いをしようとはせず、もう一度「ごちそうさま」と言って帰っていった。

扉が静かに閉まると同時に、マスターは少し寂しそうにため息をついた。

昨日も感じたけれど、マスターと晃輝のやり取りは、親子にしては距離を感じるものだった。特に、晃輝の方が素っ気ない。

さっきの芽衣に対する態度や、食事風景から察するに、決して誰かを不愉快にさせるような人柄ではなさそうなのにと、芽衣が不思議に思っていると、マスターがカウンターに手をついて口を開いた。

「ごめんね、芽衣ちゃん。気を遣っただろう? あいつ本当に無愛想だから」

「いえ、すごく優秀な方なんですよね。そんな感じがします」

芽衣はそう感想を漏らした。仕事柄、海上自衛官は見慣れた。ここで働くようになってはじめて接した職種だが、皆礼儀正しく、気持ちのいい人たちだという印象だ。

その中でも晃輝は特に厳格な雰囲気を漂わせている。

　彼が幹部候補だというのも納得だ。

　マスターがポリポリと頭をかいた。

「俺は現場を見とらんからなんとも言えんが。お客さんたちも皆、俺の前で晃輝を悪くは言えんだろうし」

「だけど、トップの成績だったから幹部になられるのは間違いなしだって昨日のお客さんおっしゃっていましたよね」

「まぁ……そうだな。うちは、俺の父親も海自でね。イージス艦の副艦長だったんだ。あいつが生まれた頃にはもう退官していたから、よく膝の上に乗せて海の話をしていたよ。だから目標にしているんだろう」

　目元を緩ませてマスターが言う。謙遜《けんそん》しながらも息子の活躍が嬉しいようだ。

「わぁ……海上自衛官一家なのですね」

　イージス艦の副艦長だなんて雲の上の話だと知識のない芽衣でもわかる。

「この前、マスターもすごい人だったってお客さんからお聞きしてびっくりしてたところなのに」

「狭い世界だから俺や親父のことを知っている者もいる。晃輝も期待されているのだろう」

「おふたりを見て育ったから、憧れて入隊されたんでしょうね」

「どうかな……」

そこでマスターは、少し寂しそうに微笑んだ。

「晃輝が俺にああいう態度を取るのは実は現役時代の俺のせいなんだ」

「マスターの？」

「ああ。芽衣ちゃんには妻が亡くなっているという話はしたね？　妻はもともと持病があったんだが、亡くなった時は急でね。ある日突然悪化して家で倒れてそのまま一週間後に。その時俺は海外の合同演習に参加していてね。死に目に会えなかったよ」

その話に芽衣は言葉を失った。

彼の口から妻の話が出ることは珍しくなかった。仲のいい夫婦だったのだと温かい気持ちになりながら聞いていたのに、まさかそんな別れ方をしているとは。

「晃輝はその時まだ中学生でね。たったひとりでつらい時を過ごさせてしまった。俺の仕事が特殊なのはもう理解できる歳だったからだろうが、恨み言を一度も言わなかった。その代わりそれからはずっとあんな感じだ。罪滅ぼしではないが、あいつと一緒にいられるように俺は退官して、この店をはじめたんだが、なかなか溝は埋まらんな」

だから親子にしては素っ気ないやり取りのように思えたのだ。

突然知ったマスターの悲しい過去に胸の奥がギュッとなった。

「入隊したらさっさと家を出てしまったよ。横須賀基地所属なんだからここからも通えるのに」

それだけ父親に対する複雑な思いがあるのだろう。それでも。

「航海から帰ってきたら顔を見せに来られるんですね。マスターと同じで優しい方のように思います」

悲しい思い出に阻まれて頻繁に行き来できないにしても父親が自分を思っているのはわかっているのだろう。そもそも本気で父親を恨んでいるとしたら、同じ職業を選ばないような気がする。

「やっぱり芽衣ちゃんはいい子だな。あんな無愛想な男をそんな風に言ってくれるなんて。ああ……晃輝にも芽衣ちゃんみたいな優しいお嫁さんがいたらちょっとは愛想よくなるだろうに」

「え⁉　そんなに私、いい子じゃありませんよ」

芽衣は思わず声をあげる。

マスターがにっこりと笑ってから、残念そうな表情になった。

「だがきっとあいつは結婚せんだろうな。全然そんな気配もないし」

「そうなんですか？」

芽衣は首を傾げた。それはちょっと意外な気がする。背が高く鍛え上げた身体というだけでなく精悍な顔つきのカッコいい見た目と、海上自衛官の幹部候補という社会的な立場を考えると、結婚相手には困りそうにないと思えるのに。

「俺と妻の悲しい別れを目の当たりにしているからな。海自はとにかく勤務体制が変則的で場合によってはスケジュールすら家族に言えない場合もある。いつ帰るかもわからない人を待つ家族の気持ちがわかるからこそ……。いやいや、暗い話を聞かせてしまって悪いね。まあ、さっき言った通りあまり顔を出さんから芽衣ちゃんが気を遣うこともそうないだろう」

申し訳なさそうにするマスターに、芽衣は首を横に振った。

「そんな……大丈夫です」

謝る必要はないと芽衣は思う。晃輝のマスターに対する態度に気を遣わなくてはならないと煩わしく思ったりもしなかった。親を亡くした時の悲しみを忘れられないのは芽衣だって同じだ。

「ごめんごめん、話してたら食べにくいだろう。話は終わりだから食べてしまってくれ」

話を聞きながらスプーンを持つ手を止めてしまっていた芽衣にマスターはそう言って裏に入っていった。

しばらくして、炒飯を食べ終えた芽衣は食器を厨房へ持っていき布巾を持って戻ってくる。さっきまで晃輝が座っていた席のカウンターを拭こうとして、手帳が置いてあるのに気がついた。厨房のマスターを呼ぶ。

「マスター、これ、忘れ物じゃないですか？」

マスターが手を拭きながら戻ってきて、中を確認した。

「ああ、晃輝のだな。なにをやっとるんだ。仕方ない。取りに来るようにメッセージを入れておくよ」

「よかったら、私届けましょうか？　昼休憩の間に街に行くので、マンションのポストに入れておきます」

芽衣の昼休憩は、午後二時頃から夜営業がはじまる前の午後四時半だ。

買い物がある時はこの時間に坂を下りて繁華街へ行く。確かマスターは晃輝のマンションは繁華街のあたりだと言っていた。

「いいの？」

「はい、ついでですから」

「ありがとう。じゃあ、残りの後片付けは俺がやっておくから、もう出ていいよ。晃輝にはそうメッセージを入れておく」

「お願いします」

芽衣はそう答えて、エプロンを外した。

晃輝のマンションは繁華街からほど近い便利な場所にあった。

マスターから住所を聞いて辿《たど》り着いた芽衣は広いエントランスに少し驚く。ひとり暮らしだというから、てっきり単身者用のマンションなのかと思っていたがファミリー層向けの、大きなマンションだったからだ。

広いエントランス中を見回して居住者用のポストを探していると、オートロックの扉が開いて晃輝が出てきた。驚く芽衣のところへやってくる。どうやら中の応接スペースで芽衣が来るのを待っていたようだ。

「親父からメッセージが届いたから。ありがとうございます」

わざわざお礼を言うために下りて待っていたのだ。

「いえ、ちょうど買い物に出てくるつもりでしたから」

芽衣は鞄から手帳を出して晃輝に渡す。

彼は受け取りしばらく考えてから口を開いた。

「少し話をしたいのですが。ちょっとお時間をいただいても？」

意外な申し出に芽衣は驚きながら頷いた。

「……はい」

「ありがとう。よかったら中のソファで座って話さない？ どうぞ」

彼についてオートロックの中に入り、彼がさっき座っていた応接スペースへ移動する。空調も効いていて居住者が来訪者と落ち着いて話ができるようになっていた。

「向かいのカフェでもいいんですが、あっちは人目につきやすいから。俺はいいけど、秋月さんがなにか言われると申し訳ないし」

その気遣いは、芽衣にとってはありがたかった。よく知らない男性と飲食店に入るということ自体、今はまだ少し怖いと思うからだ。彼は、ホテルで嫌な思いをさせられたあのチーフとは違うと頭ではわかっているのだが、恐怖が胸に焼きついてしまっている。

とはいえ彼の話というのがなんなのか、内容がわからなくて、それについては不安だった。

向かい合わせに座った晃輝がやや言いにくそうに口を開いた。

「込み入ったことを尋ねるから、言いたくなければ拒否してもらって大丈夫です。……秋月さんはどうして父の店で働くことになったんですか？　俺が演習に出る前は父が人を雇う素振りはなかったから、少し不思議に思って」

つまり彼は、芽衣がうみかぜで働いているのに。やや不信感を持っているのだ。

当然だ、と芽衣は思う。

うみかぜはずっとマスターひとりで切り盛りしてきたのに、素性のよくわからない女性がいきなり働き出したのだから。直接聞けなくても、父が心配なのだろう。

「いや、不快に思われたら申し訳ない。やっぱり父に聞きます。本来はそうするべきだ」

すぐに答えられなかった芽衣の態度を拒否と捉えたのか、晃輝がそう言って首を横に振った。

「不快ではありません。大丈夫です」

慌てて芽衣は彼の言葉を遮《さえぎ》った。

『父に聞きます』と彼は言うが、おそらくそうはしないだろうと、マスターから彼とマスターの関係について聞いている芽衣には予想できる。芽衣にとって恩人とも言えるマスターが変な誤解をされたままでは嫌だった。

きちんと説明しなくては。

「私、前の仕事を辞めて、困っているところをマスターに助けてもらったんです」

「……助けてもらった？」

聞き返されて躊躇《ちゅうちょ》する。彼に納得してもらうため、働くことになった経緯を説明するといっても、どこからどこまで言うべきなのだろう？

退職に至った事情は、誰にも話していない。そうできないほど思い出したくない出来事だからだ。

でもその話抜きで納得してもらえるのだろうか？

「その……」

考えながら言い淀《よど》む。

膝の上に置いた手をギュッと握って心に決める。目を伏せて頭の中を整理しながら口を開いた。

「私、前は都内のホテルの厨房で働いていました。調理師学校を出て六年勤めましたから、まだまだですが免許はありますし基礎はできております。だからマスターにも

「とりあえず、なんの資格も経験もなくうみかぜの厨房に入っているわけではないと説明する。もちろんそれでは説明不足。なぜうみかぜで働くようになったのかという理由にはなっていない。

上目遣いに晃輝を見ると、彼は静かな眼差しで芽衣の言葉を待っている。その視線に、どうしてかほんの少し不安な気持ちが落ち着いた。この人になら話をしても大丈夫そうだという思いが頭に浮かぶ。

「ホテルを辞めたのは、人間関係がうまくいかなくなったからなんです。その……チーフと揉《も》めてしまって」

「チーフ、ということは上司？」

「はい、その……。仕事だからと言われて、勤務時間後に残されたり、休日に呼び出されたりする機会があったのですが。それを……その……個人的に付き合っていると誤解されたみたいで……。会っていた私にも問題があったのですが」

はっきりとは言えなかったが、セクハラに近い行為があったのだとは伝わったようだ。晃輝の目元が厳しくなった。

「勤務時間外だとしても、上司からの要求では従うしかないだろう。それをそんな風に捉える方がどうかしてる」

晃輝の言葉に少しホッとしながら、芽衣はなるべく冷静に説明する。

「誤解されてると気がついたので、私は仕事でお会いしていたんですときちんとお伝えしたのですが。そしたら……」

そこで芽衣は言葉を切った。

少し声が震えてしまう。あの時の、怖かった気持ちが蘇《よみがえ》り、目の奥が熱くなった。

「つ、次の日から仕事場で調理させてもらえなくなりました。私がチーフに個人的な関係を持ちかけて、昇進しようとしたって噂を流されて……辞めるしかなくなって……」

堪えきれずに溢れた涙が頬を伝う。眉を寄せて晃輝が口を挟んだ。

「秋月さん、無理に話をしなくていいですよ。話しにくいだろうからこれ以上は……」

「大丈夫です」

芽衣は答えた。この話をしなくては、自分がなぜうみかぜで働きたいと思ったのかという理由について、納得してもらえないだろう。泣いてはダメだと自分自身に言い聞かせながら、芽衣は一生懸命話し続ける。

「料理をするのが怖くなっていたんです。なにを食べても美味しく感じなくて。もう田舎に帰ろうかなって思っていた時、偶然うみかぜに立ち寄ったんです。マスターが出してくれたお味噌汁が美味しくて、このお店で働けたらまた仕事が好きだった自分に戻れるかもしれない、私が料理の仕事を続けるには、それしか道はないって思ったんです。それでマスターにうみかぜで働かせてほしいってお願いしたんです」

うつむいたまま、最後まで言い切って、息を吐き、頬の涙を手で拭う。

「すみません、泣いてしまって……」

しばらくの間の後、彼は静かに口を開いた。

「いや、事情はよくわかった。話してくれてありがとう。言いにくいことを聞いてしまって申し訳ない」

芽衣は首を横に振る。

「大丈夫です」

ここまで詳細に話すとは予想外だったが、言いたくないのに話してしまったとは思わなかった。この件について誰かに話すのははじめてで、それ自体を不思議に思うが彼の持つ安心できる空気感がそうさせたのだろう。

とにかく彼が納得できたのならそれでいい。

「こちらこそ、情けない話をしてしまってすみません……」

セクハラくらいで目標を諦めて退職するなんて、日々厳しい訓練に耐えている彼からしたら根性なしだと思われるだろう。

――でも。

「いや、情けないとは思わない」

きっぱりとした答えが返ってきて、驚いて芽衣は顔を上げる。晃輝が真っ直ぐに自分を見ていた。

「悪いのは、その上司だ。君にはなんの落ち度もない。被害者だろう。情けないなんて思わないよ。追い詰められると人は思考が停止してなにもできなくなってしまう。それなのに君は頑張って自力で、そのひどい環境から抜け出した。むしろよくひとりで頑張ったと思う」

低い声で彼は自分の意見を述べる。

その内容に、芽衣は言葉を失った。あの出来事をまさかこんな風に言ってもらえるとは思わなかったからだ。

「ただ……そんな理不尽な出来事のせいで、それまで築いてきたキャリアを失うのはつらかっただろう」

真っ直ぐに芽衣を心配するその言葉に、芽衣の目に、また新しい涙が浮かぶ。あの時の悔しい思いと悲しい気持ちが蘇る。

「余計なことだったかな。申し訳——」

「そうじゃなくて……」

慌てる晃輝の言葉を芽衣は遮った。

「そんな風に言ってもらえたのが、嬉しかったんです」

彼にはっきりと言葉にしてもらえて、改めて自分は怒っていた、つらかったのだと気がついた。

セクハラとパワハラに耐えられず大好きな仕事を辞めなくてはならなかったのは、すべては自分が弱かったせいだと自分で自分を責めていた。悲しんだりする資格などないのだと思っていたけれど、そうではなかったのだ。

悪いのは芽衣ではなく、間違いなく相手なのだ。

今それを晃輝に力強く言ってもらえて、救われたような気持ちになる。心のどこかで辞めたことを後悔していたけれど、それもすべて吹き飛んだ。

この街へ来て本当によかった。キャリアは失ったけれど、これでいい。自分は間違った選択をしたわけではなかったのだから。

もう過去は考えずに、前だけを見て進もう。

「疑ってたくせにと思われるかもしれないが、俺は秋月さんにうみかぜに来てもらえてよかったと思う。現に父は喜んでいるしね」

「ありがとうございます」

彼が、後輩たちに慕われている理由がわかったような気がする。自分に厳しい人は人にも厳しくなりがちだ。でもきっと彼は、相手の話をよく聞いてそれぞれの事情を考慮してアドバイスをするのだろう。きっとこんなところに、あの若い隊員は憧れるのだ。

「泣いてしまってすみません」

「いや……かなり込み入った事情を聞いてしまった。本当に申し訳ない」

「いえ、大丈夫です。自分でもびっくりなんですけど、お話を聞いてもらったら少し気が楽になりました。今まで誰にも相談できなくて……。前の職場で積み重ねてきたものが、全部なくなっちゃって落ち込んでいたんですが、自分の決めたことは正しかったんだって気持ちになれました。ありがとうございます」

芽衣がぺこりと頭を下げると晃輝が首を傾ける。そして少し間をおいて口を開いた。

「料理の仕事に関して俺は詳しく知らないから、無責任なことは言えないが、それまでの積み重ねがなくなったわけではないと思うよ。秋月さんが今までの努力は料理の腕前として残っている。さっき食べたカレーは間違いなくうまかった」

その真っ直ぐな言葉に、芽衣は目を見開いた。

「ああ見えて、親父はうみかぜで出す料理の味にはこだわってるはずだ。あそこをはじめる時知り合いに頭を下げて、老舗料亭で修業させてもらっていた。その親父が手放しで褒めるんだから」

「あ、ありがとうございます！　うみかぜは私にとって理想のお店なんです。ここで働けるのが毎日嬉しくて楽しくて。すごくありがたいんです」

芽衣が少し大きな声で礼を言うと、晃輝が切れ長の目を見開いた。その彼の反応に、しまったと思い芽衣は頬を染めた。

「あ……すみません、大きな声を出したりして」

晃輝が瞬きをして、咳払いをした。

「いや……大丈夫。うみかぜをそんな風に言ってもらえるのが嬉しいよ」

「はい。ちょっとつらいことがあっても、疲れていても、美味しいものをお腹いっぱい食べて、マスターとお話しして、皆さん笑顔になって帰っていかれます。こういうお店ってなかなかないですよ」

「ありがとう。身内を褒められるのは、ちょっと照れ臭いけど」

そこへ、晃輝の胸ポケットに入れてある携帯が光る。メッセージが届いたようだ。

「親父だ。ちゃんと後日秋月さんに礼を言うようにって。……子供じゃないんだから」

苦笑する晃輝に、芽衣は思わずぷっと噴き出した。

「晃輝さん、偉い方なのに」

そのまますくすく笑っていると、晃輝が驚いたように眉を上げて芽衣を見ている。

「どうかしましたか？」

尋ねると、少し照れたように頭をポリポリと掻いた。

「いや……親父も衣笠なんだからそういう呼び方になるか」

その呟《つぶや》きに、芽衣は自分が晃輝を下の名前で呼んでしまったことに気がつく。ほとんど初対面の相手に馴れ馴れしかったかもしれない。

「す、すみません。つい……」

無意識だった。マスターが彼を下の名前で呼ぶのを聞いていたからだろう。

「いや、そう呼んでくれて大丈夫。ちょっと驚いただけだから。それより時間は大丈夫？」

その言葉に芽衣は、思っていたよりも時間が経っていることに驚いて立ち上がった。

「私そろそろ戻らないと。お昼休憩で抜けてきたんです」

「時間は取らないと言ったのに、申し訳ない。でもたくさん話せて楽しかったよ。ありがとう」

「私も、お話しできてよかったです」

芽衣にとっては思いがけず楽しい時間になった。うみかぜに対する思いを熱く語ってしまったのが少し恥ずかしいけれど。料理の話になるとついつい夢中になってしまうのはちょっと困った芽衣の癖だ。

「だけど……」

彼はそう言って少し困ったような表情になる。そして自分のお腹に手を添えて、はっと声を出して笑った。

「また腹が減ってきた。うみかぜを大切に思ってくれる秋月さんの料理を、もっと食べてみたくて」

その手放しの笑顔に、芽衣の鼓動がドクンと大きく音を立てる。目を細めてこちらを見る彼の笑顔に視線が釘づけになってしまう。

「じゃあ、ぜ、ぜひ夜にもいらしてください」

芽衣の頬が熱くなった。なんなら今からでもなにか作ってあげたいくらいだった。カレーを前に丁寧に手を合わせていた彼の姿が頭に浮かぶ。

その言葉に、晃輝が不意を突かれたように動きを止めて、少し気まずそうな表情になった。

返答に困っているようなその彼の反応に、芽衣はしまったと思う。彼とマスターの間に溝があるから、彼は決まった時にしかうみかぜに来ないのだ。

「あ……お忙しいですよね。すみません、気にしないでください」

申し訳ない気持ちでそう言うと、晃輝がしばらくの間の後、柔らかく微笑んだ。

「いや……そうだな……。今夜は無理だが、そのうち行かせてもらうよ」

その眼差しに芽衣の胸が熱くなった。

自分の料理を褒めてもらって、「また行くよ」と言ってもらえるのは誰に言われても嬉しい。胸がドキドキして、よし次も満足してもらえるように頑張ろうという気持ちになるのだ。

でも今感じているこの胸の高鳴りは、それだけではないように感じるのが不思議だった。

——なんか暑い。ここ冷房効いているはずなのにな。

そんなことを考えながら、芽衣は目を伏せた。

「お待ちしております」

「お前夏はいつ田舎に帰るんだ? 俺も帰るから時期を合わせようぜ。ふたりで帰ってこいっておばちゃんから言われてるし」

うみかぜの夜営業、午後八時を過ぎて客足がピークを越えた店内にて、カウンターで生姜焼き定食を食べるスーツ姿の会社員が芽衣に言う。彼はこの店では少し珍しい海上自衛隊ではない常連客だ。

「新幹線のチケットなら取っておくから。マスター、芽衣にも休みをあげてよ」

「ちょっと、直《なお》くん勝手に話を進めないで」

彼の分の水をつぎ足しながら芽衣は彼を睨《にら》んだ。

彼、飯島直哉《いいじまなおや》は二歳年上の芽衣の幼馴染だ。黒髪の短髪に少し若く見られる顔つき、男性にしてはやや線が細いスラリとした身体の彼は、芽衣と同じく故郷の東北からこちらへ出てきていて、横浜市内のIT企業で営業の仕事をしている。従伯母と彼の両親も親しくて家族ぐるみで付き合っているもはや兄妹のような関係だ。

芽衣が都内にいた頃は、住んでいる場所が離れており芽衣が激務だったためなかなか会えなかったが、それでも数カ月に一度の頻度で外で食事をしていた。横須賀へ来てからはこうしてうみかぜに食べに来るようになり、マスターとも親しくなった。今は二、三週間に一度の間隔で顔を見せてくれている。

それはありがたいのだが、まるで芽衣を子供のように扱うのが恥ずかしい。

「いやいや芽衣ちゃん。田舎の親御さんも心配されているだろうし、店は大丈夫だからいつでも休みが欲しい時は言ってくれていいんだよ。本当は俺が行ってご挨拶したいくらいなんだけど、さすがにそれはできんから、代わりに直哉くんによろしく言ってもらわなければ」

「マスター、ありがとうございます」

働かせてもらえるだけでもありがたいのに、ここまで言ってもらえるなんて、つくづく自分は恵まれていると芽衣は思う。

「とりあえず俺の休みが決まったらその日程で新幹線のチケット取るか。向こうでは別行動になるけど、帰りも一緒の電車で帰ってこようぜ」

強引に結論を出す直哉に、芽衣はストップをかける。

「そんなのダメ。おばちゃんにだって都合があるんだから。直くんとはこうやって会えるけどおばちゃんと予定を合わせなきゃ」

顔をしかめてそう言うけれど、直哉のこの少し強引なところに芽衣は随分救われた。

彼とは、両親が亡くなって従伯母に引き取られ従伯母の住む街に引っ越した時に出会ったのだが、その頃の芽衣は今では考えられないほど、塞《ふさ》ぎ込んでいたからだ。

当時芽衣は小学校三年生、彼は五年生だった。

両親を亡くした寂しさで無気力になっていた芽衣は、新しい学校に馴染めず休みがち。そんな芽衣を心配して従伯母が、彼の両親に相談した。

そしたら直哉が毎朝誘いに来るようになったのだ。ひとりっ子にもかかわらず面倒見のいい性格の彼は、学校でも芽衣が馴染めるようあっちこっちに連れていってくれた。放課後の公園、課外活動……。

はじめは戸惑い仕方なくついていっていた芽衣だったが、そのうちにいつの間にか地域に馴染んでいったのだ。

今もこうやって芽衣を心配してくれるのはありがたい。

ただ、小学生の時の気持ちのまま、強引に決められるのはちょっと困る。お互いもういい大人なのに。

「それに直くん、夏季休暇に帰省しちゃって大丈夫なの？」

確か彼には付き合って半年の恋人がいたはずだ。普段忙しくしている分、長期の休みはふたりにとって貴重なのではないだろうか。

「大丈夫だよ。俺今フリーだし」

「え？　……彼女と別れたの？」

「うん。どうしてもって言われて付き合ってたんだけど、あんまり会う時間も取れなかったから」

そう言って直哉は肩をすくめる。昔から彼にはこういうところがあった。

学生時代から、見た目がよく頭の回転も早くて面倒見がいい彼は、いつもリーダー的存在。女の子によく告白されていた。

大抵は断っているようだが、中にはどうしても諦められないと泣く子もいる。すると優しい気質の彼は放っておけず付き合うことになるのだ。

今回もそんな感じだったのかな？と芽衣は思う。話の流れで彼女がいるのは聞いていたけれど、彼は自分から積極的に彼女の話をしなかった。

「いつか彼女もここに連れてきてくれるのかと、楽しみにしてたのに」

マスターがにっこりと笑って直哉に言った時、ガラガラと店の扉が開く。

ドキッとして芽衣がそちらに目をやると、マスターが張りのある声を出した。

「おっ、おかえり！」

「ただいま、マスター」

入ってきたのは、ふたり組の常連客。

「いらっしゃいませ」

芽衣も笑顔で声をかけるが、少し落胆するのを感じていた。心のどこかで待っているあの人ではなかったからだ。

マンションのエントランスで晃輝と話をしてから今日で三日目。あの日、時間があったらまた行くと言った彼だが、まだ一度もうみかぜに来ていない。

時間が経つにつれて芽衣は、やはりあれは社交辞令だったのだろうと思うようになっていた。適当なことを言う人のようには思えないけれど、きっと芽衣に誘われて断れなかったのだ。

客たちの注文を聞いてカウンターへ戻ってくると、厨房へ入っていくマスターを横目に、直哉が低い声で芽衣を呼んだ。

「芽衣、おばちゃん、相当心配してたぞ。うみかぜはいい店だし、マスターもいい人だって言っといたから、それは安心したみたいだけど、やっぱり場所が気になるみたいだ」

場所とは横須賀が港町だという点だろう。

「そう……私からも大丈夫って言っておいたんだけど」

「お前からのメールじゃ安心できないんだろう。お前頑張りすぎて無理するところがあるから。だいたい俺もまだ完全に納得したわけじゃないからな。こんな、どこにいても海が見える街……本当に大丈夫なのか？」

「大丈夫だよ。こうやって普通に働けてるでしょ」

芽衣はため息をついた。彼もまた従伯母と同じく芽衣が海を怖がっていた時期があるのを知っている。従伯母と同じように、芽衣を過剰に心配する。

「だけど、そもそもなんでこの店なんだよ。都内でも求人はあるだろ。それこそ横浜市内にだって」

「何回も説明したじゃない。うみかぜの雰囲気が私の理想なんだって。こういう店ってありそうでなかなかないんだよ。あっても大抵家族経営だから働けるなんてすごく貴重。場所がどこかなんて贅沢言っていられないよ。心配してもらえるのはありがたいけど、私も大人なんだから、自分の調子くらい自分で管理できるよ」

芽衣はそう説明するが、直哉も引き下がらなかった。

「お前が、いきなりホテルを辞めたくせに理由も言わないから余計に心配になるんだろ。おばちゃんも理由は聞いてないって言ってたし。誰にも相談しないで頑張りすぎるとこ、あんまりよくない癖だぞ」

「……ホテルを辞めたのは、なんとなくだよ。洋食じゃなくて違う分野の調理も学びたいなって思ったの」

当たり障りのないことを言うと、直哉がため息をついた。

「まあ無理には聞かないけど」

「……ありがとう。直くんが私のこと気にかけてくれて感謝してる」

芽衣は彼にそう言って、ふと、そういえば晃輝にはすでにこの話をしているのだと思い出す。普段の自分からは考えられない行動だ。

ほとんどはじめて話をする相手に、洗いざらいすべての事情を話しただけでなく、泣いてしまうなんて……。

「まあ、おばちゃんにはあまり心配しないようにって俺からも言っとくよ。マスターがいい人でお前が元気なのは間違いないしな。ごちそうさん。俺帰るわ」

空になった食器に手を合わせて、直哉が立ち上がった。隣の席に置いてある黒いビジネスバッグを手に店を出る。芽衣も彼を見送るため、彼の後に続いた。

「明日は休み？」

顧客の都合で関東一円を飛び回る直哉は土日も関係なく出勤していて、代わりに平日に休みを取る。同じ県内だとはいえ、自宅から小一時間かかるうみかぜにやってくるのは大抵休日前の夜だ。

「いや、明日は出勤。おばちゃんから芽衣が心配だってメッセージが来たから、様子を見に来たんだよ」

「そうだったんだ……。ごめんね」

「いや俺も顔を見たかったし」

そんなやり取りをしていると、横須賀の街の中心部に下っていく坂道から背の高い男性が、こちらへ向かって上ってくるのが目に入る。結構急な坂道だが一切呼吸を乱すことなく軽々と上ってきた人物に、芽衣は思わず大きな声で呼びかける。

「晃輝さん！」

晃輝が笑みを浮かべた。

「おかえりなさい。来てくださったんですね」

「ただいま。ようやく時間が取れてね。ちょっと遅い時間になってしまったが」

「大丈夫です」

本当に来てくれたのだという嬉しさで、自然と芽衣は声を弾ませた。

「芽衣、お客さん？」

やや不機嫌な声で直哉が口を挟んだ。

「そう、マスターの息子さん、海上自衛官なの。この間、長期演習から戻られたのよ」

芽衣は直哉に説明をするが、なぜか彼の表情は不審そうなままだった。

「こんばんは」

晃輝が礼儀正しく挨拶をしても「どうも」と言って軽く会釈をするだけ。そして芽衣をぐいっと引っ張って囁いた。

「芽衣お前、客に『おかえりなさい』は照れ臭くて言えないんじゃなかったのかよ」

「だってここは晃輝さんの実家だし……」

芽衣が彼におかえりと言うことの、いったいなにが不満なのだろう？

芽衣が不思議に思っていると、彼は面白くなさそうな表情でいきなり芽衣の頭をぐしゃぐしゃと撫でた。

「きゃっ！　直くん、なに？」

「また連絡する。さっきの話忘れるなよ。田舎へは一緒に帰るからな！」

そう宣言して、坂道を下りていった。

その背中を見送ってから芽衣は晃輝に向き直る。

「すみません。直くん、なんかちゃんとご挨拶できなくて」

「いやそれはべつに。今の方は……お客さん？」

「私の幼馴染なんです。私たち東北出身なんですが、ふたりともこっちへ出てきていて。彼は横浜市内に住んでて、私が働き出してからここへ食べに来てくれるようになりました」

　芽衣は直哉を簡単に紹介する。

「……どうりで。すごく仲がよさそうに見えたよ」

「家族ぐるみの付き合いだから、もう兄妹みたいな感じなんです。それよりどうぞ」

　ふたりして一緒に暖簾をくぐる。すぐに中から声があがった。

「あ、衣笠一尉、お疲れさまです」

「お疲れさまです」

　店の奥で食事をしていたふたり組が立ち上がり敬礼する。

「お疲れ」

　晃輝が答えると着席した。

　その声に気がついたマスターが裏から出てきた。

「晃輝……おかえり。なんだ明日からまた出るのか？　今回はやけに早いな」

　長期の航海の前後にだけうみかぜにやってくる息子にそう言った。

「いや……そうじゃなくて。夕食を食べに来ただけだよ」

　晃輝が、やや気まずそうに父親の予測を否定した。

「マスター、私が無理にお誘いしたので来てくださったんです」

彼が来てくれたことを嬉しく思いながら、芽衣は彼をカウンターの席へ案内する。第一印象は厳格な印象だったが、話してみるととても柔らかな優しい人だった。最後に芽衣と交わした約束を、放っておけなかったのだろう。だとしても嬉しかった。

どうしてここまで気持ちが浮き立っているのか深く考えずに、芽衣は彼の前におしぼりと冷たい水を置く。

マスターがカウンターの中から問いかける。

「なににする？　もうチラホラ売り切れているのもあるが」

「煮魚定食残ってる？」

「あー煮魚か……煮魚はないな。今残ってるのは肉じゃがか生姜焼き定食だ」

マスターが答えると、彼は「残念」と呟いて芽衣を見る。

その視線に、芽衣の鼓動が飛び跳ねた。もしかして、彼は芽衣が煮魚の調理を担当していると言っていたのを覚えていてくれているのだろうか。

それで煮魚を頼んでくれた？

マスターも同じように思ったのか晃輝の前にビールとポテトサラダの小鉢を置いた。

「それも芽衣ちゃんが作ったメニューだよ。生姜焼きでいいか？」

そう言って晃輝がなにか答える前に厨房へ入っていった。

「生姜焼きもおすすめです」

頬が熱くなるのを感じながら芽衣が言うと、晃輝がふっと笑った。

「まあそうだろうけど、せっかくなら秋月さんの料理を食べたいなと思ったんだ。それに、俺、煮魚好きだし」

「ありがとうございます」

晃輝がポテトサラダに手を合わせた。

「いただきます」

その姿に、芽衣はほんの少し不安になった。

彼とはじめて会った日にも彼は定食を食べていたからこのポテトサラダを口にしているはずだ。だがその時は感想を聞くような状況にはなかった。自分が作ったものだと告げて、改めて目の前で食べられると緊張してしまう。

ポテトサラダの出来は今日も上々だ。大きくていいジャガイモを仕入れることができたし、粉チーズの量もうまくいった。客からの評判もよかったが、一般的な味とは言えない変わり種であることには違いない……。

ドキドキする芽衣の視線の先で、晃輝がぱくりと口に入れる。そしてにっこりと笑った。

「ん、やっぱりうまい。この前はじめて食べた時も味が変わったなと気がついてはいたんだ。親父にしては珍しい味付けだけど、うまいなと思ってた」

「衣笠一尉、そのポテトサラダ僕たちも大好きなんです。いつも追加で注文するんですよ」

晃輝の様子を見ていたさっきのふたり組のひとりがどこか得意げにそう言った。

「ああ、おかわりするのも納得だな」

「そうなんですよ。宿直の日なんかに急に食べたくなったりして困ります。で、勤務を終えて食べに来たら売り切れだったことがあって。悶絶《もんぜつ》しましたよ」

冗談を言う客の言葉に、晃輝が笑って答える。

「そんなにか」

「衣笠一尉も次の宿直日はきっとそうなりますよ」

そんな話をしながら、ふたりは会計を済ませて帰っていった。店の客は皆帰り、晃輝だけになった。

「同じ隊の方なんですか?」

芽衣は彼に問いかける。随分と親しげにしていた。

「いや、だが顔見知りだ。海自は結束が強いから。……まあ皆家族みたいなもんだな」

あっという間に小鉢のポテトサラダを食べ終えて、晃輝が手を合わせた。

「本当にうまかったよ。これってイタリアン？」

「どちらかというとスペイン料理に近いかな？　隠し味にバルサミコ酢を使っていて」

手放しの賞賛に芽衣は頬を染めて答えた。

「スペインか。確かにあのあたりは料理が美味しかったような」

「行かれたことがあるんですか？」

「仕事だけどね」

「お仕事で？」

考えてみれば彼は海外演習から戻ってきたばかり。横須賀にいない時はいろいろな街へ行っているのだ。仕事だとしても芽衣には羨《うらや》ましく思えた。

昔から世界中の本場の料理を食べる旅をしてみたいと思っているからだ。イタリア、フランス……アジアやアラブ料理にも興味がある。調理師学校時代の友人の中には実際に行った者もいたけれど、芽衣には叶えられない夢だった。

海外旅行ができるほどの金銭的な余裕がないからだ。両親亡き後、従伯母に育ててもらった芽衣は、彼女に金銭面で頼るのは高校までと決めていて、調理師学校の学費は自分のバイト代と奨学金でまかなった。

ホテル時代の給料は、奨学金の返済と生活で精一杯であまり貯金もできなかった。

「仕事で海外に行けるなんて羨ましい……私、世界中の本場の料理を食べてみたいって思ってて」

本音が漏れてしまう芽衣に、晃輝が苦笑した。

「でも観光はできないよ。基本的には港から出ないからね。大抵、艦内で勤務しているからあまり外国にいるという感じはしない」

「そうなんですか……そうですよね、お仕事ですもんね。なんかちょっと勿体《もったい》ない感じがしますけど」

「もちろん家族に土産を買う時間くらいはあるけどね。それから景色を堪能することもできる。俺はどちらかというと街並みより海を見てる時間の方が長いかな。海は、繋がっているはずなのに、地域によって全然色が違うから、いつまでも見ていられる」

今までに見た海を思い出しているのだろう。綺麗な目を嬉しそうに細めた。

「やっぱりお仕事だとしても羨ましい。現地の人とは……」

そこで、芽衣はあることを思い出して言葉を切った。

「……すみません、お仕事の話ってあんまり聞いちゃいけないんですよね」

国防を担う海上自衛隊の仕事はすべてが重要機密事項。スケジュールを家族に伝えられない場合もあるのだと以前マスターが言っていた。

昨日今日知り合ったばかりの芽衣が聞くべきではない。

「機密事項は口にしてないから大丈夫だよ」

晃輝が穏やかに笑って首を横に振った。

「景色と気温の話ばかりで、面白くないだろうけど」

「そんなことないです。私海外には行ったことなくて……だけどずっと行ってみたいなと思っていたので、お話を聞かせてもらって楽しかったです。お店から一歩も出てないのに、世界中をクルーズした気分です。なんか得しちゃった」

そう言って芽衣はふふっと笑ってしまう。

晃輝が切れ長の目を見開いてフリーズした。

「……どうかしました？」

芽衣が首を傾げると、咳払いをして水を飲んだ。

「いや……だったらいいけど」

そこへマスターがふたり分の生姜焼き定食を持って戻ってきた。

「ちょうどお客さんいないし、芽衣ちゃんも晃輝と一緒に食べなさい。俺ちょっと裏で在庫確認してるから、なにかあったら呼んでくれ」

「ありがとうございます」

にっこりと笑ってマスターは厨房へ入っていった。

カウンターに置かれた定食を前に、ふたりでいただきますをする。

でも芽衣は、隣で生姜焼きを食べる晃輝に視線が吸い寄せられ、箸を進められなかった。

マスター特製の甘いタレを絡めた少し分厚めの豚肉を口に運び、白いご飯と一緒に食べる姿は、見ているだけで幸せな気分になる。もしまたここへ来てもらえるなら、今度こそ自分が味付けをした煮魚を食べてもらいたい……。

仕事柄、人が食べる姿はよく目にするし、美味しそうに食べる人を見るのが好きだが、ここまで胸が高鳴るのははじめてだった。

「食べないの？」

芽衣の箸が止まっているのに気がついて晃輝が問いかけた。

「あ……た、食べます」

慌てて芽衣は自分の箸を動かした。

一方で晃輝は、あっという間に食べ終える。水を飲みながらカウンターに肘をついて今度は彼が生姜焼きを食べる芽衣を見つめている。

「秋月さんこの前も俺が食べるとこじっと見ていたよね。やっぱり料理人としては食べるところは気になるの？」

「すみません。そうじゃなくて……。晃輝さんの食べ方、すごく綺麗だから好きなんです」

頬が熱くなるのを感じながら芽衣は素直な思いを口にした。

「以後、気をつけます……」

「いや、いいよ。ただどうしてかな？と思っただけだから。だけどそんな風に言われるのははじめてだな」

「このお店に来られるお客さんは、皆さんとても食事のマナーがいいです。たくさん食べてもらえるし、見てるだけで幸せです」

晃輝がふっと笑った。

「自衛官は訓練生活が長いから食事のマナーは身についているからね。そう言ってもらえるのは嬉しいな」

晃輝の話を聞きながら芽衣は生姜焼きを口に運ぶ。なんだか心がふわふわとして変な感じだった。

マスターの生姜焼きは芽衣の大好物。

まかないで出てくると嬉しくてたまらない。いつもなら自分でも作れるようになりたいとわくわくしながら味わって食べるのに。

どうしてか今は味わうどころの話ではない。彼に見られていると思うと箸を持つ手もおぼつかなくなるくらいだ。

どうにかこうにか芽衣が食事を終えた頃、マスターが戻ってきた。

「芽衣ちゃん、今日はもう上がりなさい。晃輝、芽衣ちゃんを部屋まで送ってくれないか。ここの三階の一番奥の部屋に住んでるんだよ。毎日この時間には上がってもらうようにしているんだが、それでも夜道は心配で」

芽衣は慌ててマスターを止める。

「マスター、私は大丈夫です。夜道っていっても送ってもらうほどの距離はありません。階段を上るだけですから」

おそらく晃輝は勤務を終えてからここへ来ている。疲れているはずなのに、わざわざ部屋まで送ってもらうなんて申し訳ない。

「いや送るよ。階段を上るだけだからといって危なくないわけではないだろう」

晃輝があっさり了承して立ち上がる。そしてマスターに向かって口を開いた。

「ごちそうさま」

「ああ、また来てくれ」

マスターが柔和な笑みで答えると、晃輝は一瞬考えてから、頷いた。

「うん、また来る」

そして店の扉を開けて振り返る。芽衣を待っているのだ。そうまでされては断ることもできなくて芽衣はエプロンを外した。

「お先に失礼します」

マスターに断って外へ出ると少しムッとした空気に包まれる。今年は猛暑になりそうだとニュースで言っていたけれど、その通り、夜でも気温があまり下がっていない。

「夜でもまだ暑いな」

呟いて晃輝はビルの外階段を上る。芽衣は少しドキドキしながら追いかけた。

正直なところ、男性に家まで送ってもらうのには少し苦手意識がある。ホテル勤務時代、チーフに部屋まで送ると言われて上がり込まれそうになった経験があるからだ。

あの時は、芽衣がドアを開けると同時に、ドアと玄関の間に足を入れられた。その恐怖がまだ胸に残っている。

階段を上りきり、ふたりは三階の廊下を芽衣の部屋目指して進む。ドアからあと三歩ほどというところで、晃輝がぴたりと足を止めた。脇に寄って振り返り、芽衣に向かってどうぞというように首を傾ける。

自分はこれ以上先へは行かないという意思表示だ。

その彼の行動に、芽衣はホッと息を吐いた。

そういえば、以前マスターが、海上自衛隊は英国海軍を手本としていて、いついかなる時も紳士であれと教えられていると言っていた。芽衣を危険から守りつつ、自分自身が相手に不安を与えないように自然と振る舞えるのはさすがだった。

彼を追い越し、自分の部屋の前まで来て振り返り、芽衣はぺこりと頭を下げる。

「ありがとうございました。今日は来てくださって嬉しかったです」

「いや、こちらこそ。ただ秋月さんの煮魚を食べられなかったのは残念だ」

「私も食べてほしかったです。実は煮魚定食に使う魚も私が朝、市場へ行って仕入れるんです。大きさや新鮮さに合わせて味付けを変えたりして。でもそもそも数が少ないから、大抵このくらいの時間には売り切れてしまうんですが、ぜひ次回は食べてください」

さっき彼は、マスターにも『また来る』と言っていた。もうこうやって気楽に誘っても大丈夫だろう。

「ただ、来るとしたらこのくらいの時間になるかな。うみかぜに来るのは若い隊員がほとんどだから、俺がいたら皆、気を使うだろうし。少し時間をずらそうと思う」

隊員たちが晃輝のことを迷惑そうにしている素振りはなかったが、彼は後輩たちを気遣う。でもそれでは彼に煮魚を食べてもらえそうにないと、芽衣は眉尻を下げた。

「そうなんですね……。なら煮魚は無理かな。来られる日がわかっていたら取っておけますが」

呟くと、晃輝がなにかを考えるように黙り込む。しばらくして少し遠慮がちに口を開いた。

「秋月さんが迷惑でなければ、だけど。来られそうな日は、事前に連絡してもいいかな？　煮魚、取っておいてもらえる？」

そう言いながら彼は、ポケットから携帯を取り出す。つまり連絡先を交換しようと言っているのだと気がついて、芽衣の頬が熱くなっていく。彼はただ煮魚を取っておいてほしいだけ、それ以上の意味はないとわかっていても鼓動がスピードを上げていくのを止められなかった。

男性との連絡先の交換も、芽衣が慎重になっていた行為のひとつだが、もう警戒する気持ちはない。

「迷惑なら……」

「い、いえ、大丈夫です……！　携帯、部屋に置いたままなので、取ってきます」

慌てて芽衣はそう言って、鍵を開けて部屋の中から携帯を取ってきた。

そして、メッセージアプリを立ち上げる。

「えーっと。どうするんだったかな……」

親しくなった相手と連絡先を交換することくらいよくある。操作だって覚えているのにどうしてか、何度もやり方を間違えてしまう。

彼にも手伝ってもらいどうにか登録を済ませる。

「じゃあ、また連絡するよ。おやすみ」

「送ってくださってありがとうございました。おやすみなさい」

階段を下りていく広い背中を見送って、家の中へ入り、芽衣は携帯を抱きしめる。

早くなった胸の鼓動はいつまでも落ち着かなかった。

なんだかまだ夢を見ているような気分だった。

思いがけず晃輝と急接近したことを、どう受け止めればいいかわからない。

連絡先を交換したとはいえ、ふたりはただのオーナーの息子と従業員という関係。

それだけと言えばそうだろうが、芽衣の胸は明らかにそれだけではない特別な反応を示している。

きっと、晃輝のような素敵な人と思いがけず親しくなって、優しくされて、舞い上がってしまっているのだ。

靴を脱いで部屋へ上がり窓際に歩み寄る。カーテンをそっと開けると、視界に煌《きら》びやかな横須賀の夜景が広がった。

キラキラと輝く光の中、芽衣は晃輝のマンションを探す。

たった一度行っただけ。暗くてよくわからないし、そもそもここから見えるかどうかもわからないのに。

——それでも、どうしてかそうせずにはいられなくて、胸に携帯を抱きしめたまま、芽衣はいつまでも窓の外を見つめていた。

第二章　まるで必然のように

清々しい朝の空気を感じながら、芽衣は急な坂道を上っている。足取りは軽く気分は上々だ。さっきまでいた魚市場で、大きくて肉厚、しかも新鮮なカレイをたくさん仕入れられたからだ。今日の煮魚定食にする分だ。

仕入れのほとんどはマスターがやっているけれど、いくつかは芽衣に任されていて、そのひとつが魚市場での分なのだ。

今まで芽衣は料理の修行はしていても食材の仕入れは任されていなかった。だから一から選ぶのは未経験。マスターからは、失敗してもいいから自分で考えてやってごらんと言われていて、あれこれ勉強しながら奮闘中だ。

うみかぜにはトラックが一台しかないから、マスターが他の食材の仕入れをした後に、魚市場へ寄って芽衣が購入を決めた分を載せて帰ってくれる。

頭の上を海鳥が飛んでいくのを見上げた時、ポケットの携帯が震えた。足を止めて画面を確認すると、直哉からのメッセージだ。

最近仕事が立て込んでいて、なかなかこっちまで来られないと書いてある。その内容に芽衣は首を傾げる。彼がうみかぜに来る時は仕事の都合で決まるから、特に事前の連絡はない。わざわざ来られないとメッセージで送ってくるのは珍しい。

しかも最後の一文はもっと意味不明だ。

《あのマスターの息子って最近よく来るのか？》

晃輝が来るかどうかをなぜ彼が確認するのだろう？

《時々来られるよ。どうしてそんなこと聞くの？》

訝しみながら芽衣はメッセージを返す。あの時の直哉の彼に対する態度からして、もう一度話をしてみたいから来店を確認しているわけではなさそうだ。むしろ、その逆かもしれないと少し心配になる。けれど、それもあり得ないと思い直した。

ふたりが顔を合わせたのはほんの数十秒の間だし、会話も挨拶程度だった。そんな相手に嫌な感情など芽生えようがない。

芽衣が送ったメッセージはすぐに既読になる。画面を見つめて答えが来るのを待つけれどなかなか返ってこなかった。代わりに別の人物からメッセージが入る。

晃輝だ。

ドキッとして芽衣は急いで彼とトーク画面に切り替えた。

《今夜、いつもの時間に行きます。よろしくお願いします》

用件のみの簡素な内容に、芽衣の胸が弾んだ。

こんなやり取りは、二、三日おきに、もう六回目。

彼は、うみかぜに来られる時だけ、こうやって芽衣に知らせてくれる。それを芽衣はマスターに伝えて煮魚定食を残しておいてもらうのだ。

晃輝は、当初の目的以外でメッセージを送ってこない。そんなところも素敵だなと芽衣は思っていた。ホテル勤務時代のチーフに、仕事用に交換した連絡先に、プライベートな内容をしょっちゅう送ってこられ、困惑した経験があるからだ。

少しドキドキしながら、返信を打つ。

《了解です。お待ちしております》

芽衣からの返信もいつも同じだ。

送信ボタンを押そうとして、ふと手を止めて考える。

目的以外のやり取りがないのは安心なのだが、本当のところ芽衣は少しもの足りないとも感じていて……。

《今日は晃輝さんがお好きなカレイを仕入れることができました》

メッセージの二行目に付け加えて、またしばらく考える。

「このくらいならいいよね」

自分を勇気づけるようにひとり言を言ってから、思い切って、えいや！と送信ボタンを押した。そしてまた空を見上げる。

――彼のことをもっと知りたい。

ここのところ芽衣は、彼に会うたびにそう思うようになっている。

けれどこの気持ちがどういう種類のものなのか、それについては今は深く考えないようにしている。

彼にとって芽衣の存在は、父親の店の従業員。それ以上でもそれ以下でもないはずだ。ましてや特別な気持ちを持たれるなんて想定外だろうから。

一方で、芽衣にとってはこの出会いは特別だ。

ホテルでのつらい出来事の中、泣きながらひとりで下した決断を、彼に力強く肯定してもらえたことで、心から前を向いて進めるようになったのだ。

その彼に、自分の料理を食べてもらえる。今はそれで十分だ。

芽衣が送ったメッセージの返事はすぐに返ってきた。

《それを楽しみに今日一日頑張るよ》

芽衣の鼓動が飛び跳ねて、嬉しい気持ちが胸いっぱいに広がっていく。

振り返り、晃輝のマンションの方を見ると、その向こうには青い海が広がっている。

——私も、頑張ろ。

スキップしたくなるくらい胸が弾むのを感じながら、芽衣はまた歩き出した。

「マスター、お疲れさまです。お先に失礼します」

芽衣がカウンターの中に向かって声をかけると、マスターがにっこりと笑う。

「はい、おやすみ。また明日」

テーブル席のいく人かの客たちからも声がかかった。

「芽衣ちゃん、お疲れ」

「衣笠一尉お疲れさまでした」

「ああ、お疲れ」

芽衣の隣で晃輝が答えた。

ふたりして暖簾をくぐり外へ出る。潮風が吹き抜けて芽衣の前髪がなびいた。

朝、メッセージをもらった通り、晃輝はいつもの時間にうみかぜに姿を見せた。芽衣が仕入れて腕によりをかけたカレイの煮魚定食を美味しそうに食べてくれた。そして夜九時になったから仕事を終えて帰宅する芽衣と一緒に店外へ出てきたのである。

「晃輝、じゃあ頼むな」

マスターからの言葉に晃輝は素直に頷いた。

「ごちそうさま」

「送るだけだぞ。絶対に部屋に上がるなよ」

「当たり前だろ、わかってるよ」

マスターの見当違いの忠告を恥ずかしく思いつつ、そんな気楽なやり取りをするふたりの姿に、芽衣の胸が温かくなった。

芽衣がいる夜営業へはじめて晃輝が来た際、部屋まで送ってもらってから、彼が来た日は毎回こうして送ってくれるようになったのだ。

もちろんはじめは芽衣も遠慮した。どう考えても送るというほどの距離ではないし、申し訳ないからだ。

でもいくら言ってもマスターは譲らないし、晃輝も当然のようにそうしようとするので無理に拒否するのはやめにしたのだ。

本当のところ芽衣にとってはこの時間が密かな楽しみでもある。階段を上り短い廊下を歩く少しの間だけ、晃輝とふたりきりで話ができる。

「カレイ美味しかったよ。ごちそうさま」

「こちらこそ、ありがとうございます。食べてもらえて嬉しかったです。仕入れる時、晃輝さんお好きだって言ってたなーって思ったから」

食べてもらえたら嬉しいなと思いながら、今日はカレイを仕入れると決めたのだ。そうしたら本当に来てくれるというメッセージを受け取って、今日一日張り切って過ごせた。

嬉しい気持ちで胸をいっぱいにしながらそう言って、芽衣はハッとして口を噤《つぐ》む。

本音だとはいえ、踏み込みすぎの表現のように思えたからだ。

これでは芽衣が日頃から晃輝のことばかり考えているように思われてしまう。

「あ……も、もちろん、他のお客さんにも喜んでもらえるだろうなと思ったからカレイを仕入れたんですが……」

取り繕うように付け加えると、晃輝はふっと笑う。

「美味しかったよ」

動揺する芽衣とは違い、余裕のある答えだ。それを芽衣は少し寂しく思う。

彼は芽衣より七歳も年上で、恋愛経験も豊富なのだろう。そんな彼にとってはこれくらいのやり取りなど大したことではないのだ。

「そういえば、この前秋月さんのポテトサラダを褒めていた隊員がいただろう？　昨日職場で会ったんだ。彼ここのところ忙しくてうみかぜに来られないらしい。禁断症状が出そうだって言ってたよ。だから、俺は今日行くって自慢しておいた」

「ええ⁉　自慢したんですか」

「ああ、悔しがってたな」

そう言って、くっくっと肩を揺らして笑う。その笑顔に、芽衣はドキドキが止まらなくなってしまう。

晃輝がうみかぜに頻繁に顔を見せると後輩たちが気を遣うだろうと彼自身は心配していたが、蓋《ふた》を開けてみるとまったくそんな様子はなかった。

皆晃輝がやってくると気楽に声をかけ、相談を持ちかけアドバイスを受けていることもある。後輩たちから憧れだと言われる所以《ゆえん》は、成績優秀な幹部候補だというだけでなく、気さくで面倒見のいい人柄だからなのだ。

階段を上り切ると、あっという間に芽衣の部屋の玄関の前に着いてしまう。家までの距離が、もっと長い道のりだったらよかったのにと毎度芽衣は残念に思う。

玄関の扉の三歩手前で、晃輝は足を止めた。マスターからの忠告などなくても、彼は絶対にそこよりこちらへは来なかった。その気遣いに、芽衣は救われたような気持ちになる。

彼が毎回そこでぴたりと止まってくれるたびに、怖くて嫌だった記憶が薄らいでいく。チーフとの出来事があってから男性不審になりかけていたけれど、その気持ちも、少しずつほぐれていくようだった。

「またメッセージを入れるよ。次は多分……四日後くらいになりそうだ」

「お待ちしてます。でも毎回、煮魚でいいんですか？　他のがいいならそれでも……」

「いや、煮魚定食がいい。ポテトサラダも残しておいてもらえるとありがたい」

きっぱりと言い切る彼に、芽衣の胸はドキンと跳ねた。

「おやすみ」

「おやすみなさい」

部屋へ入ると、芽衣は海側の窓へ歩み寄りカーテンを開ける。ドキドキと鳴る胸の鼓動を聞きながら、煌びやかな横須賀の夜景を眺めた。

こんな風に、誰かを思い胸をときめかせるなんて少し前の自分には考えられないことだった。

もともと芽衣は、恋愛に関して、かなり消極的だった。学生時代は、学費を稼ぐためにバイトばかりしていたし、働き出してからも激務でそれどころではなかったからだ。さらにホテル時代に、嫌な思いをした経験がその思いに拍車をかけた。

『いいよな、女の子は仕事辞めても結婚すれば食べていけるじゃん』

『自分の店を持つ？　飲食はきついよ？　女の子には無理無理。結婚したら辞めますってわけにいかないんだよ？』

そんな言葉をかけられているうちに、恋愛なんて自分には不要、店を持つという夢のためには、邪魔になるとすら思うようになったのだ。

でも彼は、芽衣の仕事に対する情熱を尊重してくれる。芽衣の話を嫌がらずに聞いてくれる。いつも興味深げに、問いかけてくれるのだ。その姿勢に、芽衣はいつも励まされているように感じるのだ。

こんな男性となら、店を持つという夢を追いかけながらでも愛を育むことができるかもしれない……。

もちろん彼の方はそんなことなど思ってもいないだろう。

彼が芽衣の仕事を応援してくれて、話を聞いてくれるのは、たくさんいる後輩たちに対するのと同じ気持ちだからだ。

それを心の中で確認して、芽衣はゆっくりとカーテンを閉めた。

金曜日、午後八時を過ぎたうみかぜはいつもと違い少し騒がしかった。一時間ほど前に来た四人組の隊員が食事を終えた後も帰らずに、話に花を咲かせているからである。厳しい訓練と勤務の合間の束の間の息抜きといったところだ。

マスターもそれがわかっているようで、いくつかのつまみと追加の酒を持っていくように芽衣に言う。

芽衣がそれらをテーブルへ持っていき、マスターからのサービスだと伝えると、彼らはおおっと声をあげた。

「マスター、ありがとう。うるさいかな？」

「いやいや、大丈夫だ。たまにはゆっくりしていってくれ」

「嬉しいなあ」

客とマスターのやり取りを聞きながら、芽衣はカウンターに戻った。

カウンターでは久しぶりに来店した直哉が、生姜焼き定食を食べている。入口付近をチラチラと気にしているようだった。

マスターが裏に入っていったのを確認して低い声で芽衣を呼んだ。

「芽衣」

「なに？」

「あの人はどのくらいの頻度で来るんだ？」

あの人という言葉に芽衣は少し前の彼からのメッセージを思い出す。結局あの後直哉からの返信はなかったから、どうして彼が晃輝の来店を気にするのかはわからないままなのだ。

「……あの人って、晃輝さんのこと？」

尋ねると、直哉は無言で頷いた。

「どのくらいって……四日に一度くらいかな」

「来たらこの前みたいに芽衣ともよく話すのか？」

眉を寄せてどこか警戒している様子である。

「直くん、大丈夫だよ。晃輝さん、身体は大きいし一見とっつきにくく見えるけど、話してみるとすごく優しい人だから」

芽衣は彼を安心させるようにそう言った。あのメッセージを読んだ後、なぜ直哉が晃輝の来店を気にしているのだろうと不思議に思っていた時に考え突いたことである。

直哉は昔から、体育会系のノリが苦手だと言っていた。何事もほどほどにするくらいがいいと言っていて部活もあまり厳しくないのを基準に選んでいたくらいなのだ。

だから、海上自衛官で、身長が高くてたくましい身体つきの晃輝に苦手意識を持っているのかもしれない。

「いや俺はべつに怖いと思っているわけじゃ……」

「どっちにしても今日は来られないと思うよ」

直哉が晃輝に苦手意識を持っているとしたら、完全に誤解だし、できれば直接話をして本当の晃輝を知ってもらいたいと思うけれど、リラックスして食事をしてほしいとも思う。

だからこう言えば彼は安心すると思ったのだけれど、彼は逆の反応を見せた。

「なんでそんなこと言い切れるんだ？」

「え？　だって晃輝さん来られる時は、先に私にメッセージをくれるから」

「メッセージ⁉　お前のスマホにか？」

「え……うん」

思ってもみない直哉からの反応に、芽衣は瞬きをしながら答えた。

「なんで連絡先を交換したんだよ？」

「なんでって……晃輝さん、煮魚がお好きなの。でもいつも遅くに来られるから、売り切れてしまわないように、行く時は取っておいてほしいって頼まれてて」

「だからって、その役割をなんでお前がやらなきゃならねーんだ？　マスターに言えばいいじゃんか。芽衣、断れなかったのか？」

直哉が不満そうにそう言った。

「断れなかったって……。そうじゃなくて、私と晃輝さんの間でそういう話になったから」

まるで芽衣が面倒な仕事をさせられているかのような言い方をする直哉に、事情を説明しようとしたその時、入口のドアがガラガラと開いて、晃輝が入ってきた。

「あ……おかえりなさい」

驚きながら芽衣は彼を迎える。今日は〝行く〟というメッセージを受け取っていなかったからだ。

晃輝の方もカウンターに座っている直哉を見て少し驚いたような表情になる。けれどすぐに芽衣に視線を戻してにっこりと微笑んだ。

「ただいま」

芽衣の胸は嬉しい気持ちでいっぱいになる。あらかじめメッセージが入っていて彼が来るのを待っている時も嬉しいけれど、不意打ちで顔を見られるのはもっと嬉しい。

「衣笠一尉、お疲れさまです」

客たちがいっせいに立ち上がって挨拶する。

「お疲れ……俺、タイミング悪かったかな」

晃輝がやや申し訳なさそうにした。

食事を終えても帰らずにビール片手につまみを突いているのだから、彼らが会話を楽しんでいたのは一目瞭然だ。隊員たちが羽を伸ばしているのに、上官の自分がいてもいいのかと気遣っているのである。

「全然、問題ありません！」

「一尉も一緒にいかがですか？」

彼らは陽気に答える。もうすでに出来上がっている様子の受け答えに、晃輝が笑って答えた。

「俺はいいよ。気にせず楽しんでくれ」

「りょーかいしました！」

彼らの中のひとりが大きな声で答えて大袈裟に敬礼すると、あとの三人から笑いが起こった。晃輝がくっくっと笑いながら、カウンター席の直哉のふたつ隣に座ると、マスターが裏から出てきた。

「来たのか、晃輝、なににする？　煮魚は売り切れだ。昼間のカレーが残ってるが」

「じゃあ、カレーで」

芽衣は少しハラハラとしながら晃輝の前にお冷が入ったグラスを置いた。反対側に座る直哉をちらりと見る。不満そうにしながらも、さすがにマスターと晃輝本人がいる場所ではなにも言わなかった。その彼に晃輝が挨拶をする。

「こんばんは」

先日顔を合わせていて覚えているのだ。

「……っす」

直哉が軽く会釈をした。

「メッセージがなかったのに、来られたのでちょっとびっくりしました」

愛想の悪い直哉を申し訳なく思いつつ、芽衣は晃輝に声をかける。どことなく微妙な空気が流れているように感じるのは気のせいだろうか。

「急遽時間が取れたから。この時間だと煮魚定食は無理だろうと思ったんだが、ポテトサラダを食べたくて」

とはいえ、晃輝の方はいつも通り穏やかだ。

「ポテトサラダ、残っていてよかったです」

そんな話をする間にマスターが晃輝の前にカレーを置いた。

そして一旦裏へ行く。それを見送ってから、直哉が芽衣の奥にいる晃輝に向かって口を開いた。

「すみません。ちょっといいですか？」

「はい」

晃輝が首を傾げた。

「その、来るか来ないかの連絡ってやつ。わざわざ芽衣にする必要あります？　そもそも勤務時間外じゃないですか？」

芽衣は慌てて口を挟んだ。

「な、直くん……！　私がやりたくてやっているんだから！」

一瞬面食らったようになっていた晃輝も、直哉の意図を理解したようだ。

「それは確かにそうですね。もし秋月さんが迷惑なら……」

彼がそう言いかけた時、カウンターに置いてある直哉の携帯が鳴る。会社からの着信のようだ。直哉がちっと舌打ちをして携帯持って外へ出て、すぐに戻ってきた。

「ちょっと、トラブったみたいだ。今から会社に戻らないと」

そう言って鞄に携帯をしまった。トラブルの内容が深刻なのか、はたまた晃輝との会話が中途半端になっているからか、やや苛立《いらだ》っている。けれど急いでいるようで会計をして出ていった。

「お疲れさま。気をつけてね」

芽衣はほんの少しホッとして彼を見送った。

晃輝が申し訳なさそうに芽衣を見た。

「メッセージの件だが」

「わ、私は大丈夫です！」

芽衣は強く言い切った。むしろ嬉しく思っているのに、晃輝が気を使ってメッセージをくれなくなるのは嫌だった。

「本当です！　メッセージが来るのを楽しみにしてるくらいなんです。晃輝さんが来られる日は朝から……」

そこで、彼の目が見開かれたのに気がついて口を閉じる。メッセージが迷惑でないと伝えるだけにしてはやや踏み込みすぎた言葉だったかもしれない。

「えーっと、とにかく、本当に全然私は迷惑なんて思っていません。直くんが勝手に心配してるだけなんです」

頬が熱くなるのを感じながらそう言うと、晃輝が納得したようにふっと笑った。

「なら安心した。俺も秋月さんとメッセージのやり取りができなくなるのは寂しいから」

「……え？」

意外な言葉に芽衣は目を見開いた。芽衣とっては彼とのメッセージのやり取りは特別なもの。メッセージが入った日は、やる気が倍になるような気がする。とはいえ、彼にとってはただの業務連絡のようなものだと思っていたのに。

もしかして、彼の方も少しは芽衣と同じような気持ちでメッセージを見ているのだろうか?

そんな淡い期待が頭に浮かぶけれど、もちろんそれを口にはできなかった。代わりに別の言葉を口にする。

「あの、直くんがちょっと失礼な言い方をして、すみませんでした」

「いや。……彼は秋月さんを本当に心配してるようだね」

「心配性で過保護なんです。小さい頃私、ちょっと頼りないところがあってよく助けてもらいましたから、その頃の癖が抜けないんだと思います」

だからといって普段はここまで芽衣のことに首を突っ込まないのだが、どうしてか晃輝に関してはやけにこだわる。それが少し不思議だった。

「頼りない妹だから俺がしっかりしないとって思ってるのかな……」

「妹……」

晃輝が呟いた時、マスターが裏から出てきた。

「あれ? 直哉くんは帰ったのか?」

「はい、トラブルが起きたみたいで会社に戻るそうです」

「今からか。エリート営業マンはつらいな」

気の毒そうにそう言った時、テーブル席の隊員たちから大きな笑い声が起こる。盛り上がっているようだ。

「本当、うみかぜは俺らにとって癒《いや》しだよなー」

「そうそう、宿舎の自分の部屋よりリラックスできるよ」

どうやらうみかぜで飲んでいる今が幸せだと言い合っているようだ。

晃輝と芽衣は視線を合わせて微笑んだ。

けれどその中のひとりがやや悔しそうに言った言葉に固まった。

「それにしても羨ましいなー。衣笠一尉は芽衣ちゃんに、おかえりなさいって言ってもらえるんだから」

「僕たちにもぜひお願いしたいよな」

彼らはそう言いながらこちらを見ている。芽衣の挨拶について言っているのだと気がついて、芽衣は気まずい気持ちになった。

結局芽衣は、晃輝以外の客には「いらっしゃいませ」と言い続けている。晃輝だけに「おかえりなさい」と挨拶するのが定着していた。

「ここは晃輝さんの実家ですから」

芽衣が頬を染めて言い訳をする隣で、晃輝が軽く釘を刺した。

「絡み酒はやめろよ」

彼らは陽気に「はーい」と答えて、またわいわいと話しはじめた。

「上官らしいじゃないか」

マスターがカウンター越しに晃輝の前にカレーを置いた。

「お前のそんな姿を見られるのは嬉しいよ」

「大袈裟だな、このくらいで」

「だが、……それ以外もしっかりやっとるみたいじゃないか。幹部中級課程のトップはなかなか取れるものではない」

珍しく、面と向かってマスターは晃輝を褒めた。

「俺を抜くのは確実だな。母さんも喜んでるだろう。爺さんは……ああ見えて厳しい人だったから、まだまだだと言いそうだが」

感慨深げにマスターは言う。息子の活躍が心底嬉しそうだった。

その言葉を晃輝はスプーンを持つ手を止めて聞いていた。しばらく沈黙した後に、水を飲んで静かにグラスをカウンターに置いた。

「父さんは越える。必ず。……それが、海自を辞めて俺を育ててくれたことに対する恩返しだ。今まで嫌な態度を取っていたことは謝るよ、ごめん」

真っ直ぐにマスターを見て低い声で晃輝は、はっきりとそう言った。

マスターが目を見開いた。

「晃輝……」

「海自に入隊して改めて、母さんが亡くなった後の、父さんの決断の重みがわかったよ。一生を捧げると誓った仕事を辞めて、俺を育ててくれたんだ。だから、俺がその父さんの意思を引き継ぐ。必ず父さんを越えるよ」

晃輝の言葉に、マスターが眉を寄せてぐっとなにかを堪えるような表情になる。エプロンで顔を覆い、くるりとこちらに背を向けた。

「芽衣ちゃん、ちょっと俺、在庫切れがないか見てくる……」

洟《はな》をすすりながらそう言って裏へ入った。

芽衣も、こちらでのやり取りには気がつかずに盛り上がる隊員たちに見えないようにこっそりと涙を拭いた。

「変なとこ見せてごめん。……もしかして、親父が海自を辞めた時のこと聞いてた？」

「はい、お母さまが亡くなられたことがきっかけだったって」

「そう……。母が亡くなった時、親父は長期の航海中でね。すぐには帰ってこられなかったんだ。俺は当時中学生で、こんな時も仕事優先なのかって親父に怒りを覚えたよ。それから親父とはあまり口をきかなくなったんだ」

晃輝はもう一度水を飲んで、深いため息をついた。

「……頭では仕方がなかったってわかっていたんだけど、どうしてもわだかまりを解消できなかった。子供だったんだな」

晃輝は自嘲するけれど、芽衣はそんな風には思わなかった。身内を失った喪失感は、そう簡単には埋まらない。つらい気持ちをぶつけるように、なにかを恨みたくなる気持ちは芽衣にも身に覚えがある。

「小さい頃から、親父の仕事には憧れがあって将来は同じ海上自衛官になろうと決めていたし、母もそれを望んでいたから余計に気持ちは複雑だったよ。防衛大を受けることに迷いはなかったけど、それでも親父への気持ちの整理はつかなかったな」

昔を思い出しているのか彼は少し遠い目になった。

「さすがに同じ仕事についてからは親父に対するわだかまりは完全になくなった。当時の親父がどれだけ責任の重い職務に就いていたのかよくわかったし。もうとっくに許していたんだけど、ただ……きっかけがなかったんだ」

そう言って晃輝は頭を掻いた。

「最近ここへよく来て話をするようになったから、お互いにあの時のわだかまりはなくなっているのは感じてたけど。やっぱりちゃんと伝えるべきだと思って」

「よかったです……。マスター、嬉しそうでした」

お互いに思い合っていると知っていた芽衣にとっても、胸が熱くなる場面だった。

晃輝が穏やかな笑みを浮かべて、芽衣を見た。

「秋月さんのおかげだ。君が俺をここへ誘ってくれたから」

「そんな……！　私はなにも」

慌てて芽衣は首を横に振る。芽衣が晃輝を誘ったのは、ただ自分の料理を彼に食べてほしいと思ったからだ。

「いや本当にそう思う。……ありがとう」

そこで客たちがガタガタと席を立つ音がした。皆、こちらへやってくる。

「芽衣ちゃん、お会計お願い」

「え、もう帰られるんですか？」

てっきりもう少しゆっくりするものと思っていた芽衣は驚いて声をあげた。

「うん、もう十分ゆっくりさせてもらったし。明後日のイベントの準備があるのを思い出したんだよ。今日はありがとう」

「明後日のイベント……ですか？」

「そう。基地内に一般の方をお招きして見学してもらったり屋台を出したりするんだよ。海上自衛隊の仕事を街の人に知ってもらうお祭りみたいなものかな。希望すれば、艦艇の中を見学することもできるよ」

「へぇ、自衛隊ってそんなイベントもされるんですね」

自衛隊の基地なんて一般人は絶対に入れないものだと思っていた。それなのに船の中まで見学できる機会があるなんて。

「毎年、近くに住む子供たちが来てくれるんだ。海上自衛隊の仕事を知ってもらうんだよ。なるべく基地を身近に感じてもらいたいからね」

「僕は小さい頃にこういうイベントに参加して自衛隊に憧れるようになったんです」

隊員たちは、口々にイベントについて話し出す。一般客にとってお祭りのようなものだと言いながら、彼ら自身も楽しみにしているようだった。

「芽衣ちゃんも来てよ。いろいろ出し物もあって楽しいよ。日曜日は定休日だよね？」

「え？」

「いずもの中に入れる機会なんてなかなかないよー」

「俺、案内役なんだ。午前中！　芽衣ちゃん来てくれるなら張り切っちゃうなー」

突然の誘いに芽衣は少し戸惑う。

イベントや出し物といった言葉には惹《ひ》かれるが、日曜日は芽衣にとって貴重な休み。溜まっている家事を済ませたい。なによりお祭りのような場所にひとりで行くのは気がひける。

「えーっと」

かといって、彼らの話を無下に断るのもできなかった。皆、好意で誘ってくれているのだ。

「もしかしたら、出かけるかもしれなくて……日曜日は溜まってる買い物をしなくちゃいけないし」

とりあえず、当たり障りのないことを言って断ろうとするが、酒が入っているからだろう。彼らは簡単には引き下がらなかった。

「えー、それって土曜の午後でもいいじゃん。なんならその買い物、俺が付き合ってあげようか？　力持ちだから全部持ってあげるよ。明日は俺非番だし」

――すると。

「その粘り強さは、訓練で発揮しろ」

カウンターに座り黙って食事をしていた晃輝が遮った。

「なんならお前の上官に言ってメニューを増やしておこうか？」

「えー勘弁してください。うちの隊は他より多いんですから」

隊員は情けない声をあげた。

「なら今日はもう諦めて帰れ。しつこくするのは仕事中だけにしろ」

「はい。芽衣ちゃんごめんね。じゃあまた」

隊員は素直に芽衣に謝って、連れ立って店を出ていく。

「ありがとうございました」

芽衣がホッとして彼らを見送った時、マスターが戻ってきた。

「ああ、皆帰ったのか。今日はもうそんなにお客さんも来ないだろう。ちょっと早いけど芽衣ちゃんもう上がっていいよ。晃輝、頼む」

芽衣はその申し出をありがたく受けてちょうど食事を終えた晃輝とともに店を出た。

「今日は、申し訳なかった。隊員たちがしつこくして。不快な思いをさせたなら、俺からも謝罪する」

芽衣の部屋の前に来ていつもの位置でぴたりと止まり、晃輝が芽衣に頭を下げた。

思いがけない丁寧な言葉に芽衣は驚いて首を横に振る。

「不快だなんてそんな……！　私は大丈夫です」

どう断ればいいかわからなくて困惑したのは確かだけれど、不快とは思わなかった。むしろその場の雰囲気を壊さずに断れなかった自分を恥ずかしく思った。

「ちゃんと自分でお断りできればいいんですが、ああいう時、私あまりうまく対応できなくて。ホテル時代に時々叱られました。お客さまからのお誘いを雰囲気を壊さずにお断りできるようにならないと料理人失格だって」

ホテル時代、スウィートルームに長期間滞在していた客に、なぜか芽衣が気に入られていた時期があった。

スウィートルームに滞在するような人はルームサービスで食事することが多いのだが、彼はそうはせずレストランに下りてきて芽衣に給仕をさせた。そして部屋へ来ないかとしつこく誘ったのだ。

その時、男性の先輩から言われた言葉だった。

仕事柄、酒が入った客の対応をする機会だってあるのだから、適当にあしらえるようになれ、と。

その時の状況を思い出して、芽衣は暗い気持ちになる。けれど……。

「いや、それは違うだろう」

晃輝がきっぱりと言い切った。

「秋月さんは調理のプロだろう？　今はホールの仕事も兼ねているから、客に気持ちよく食事をしてもらえるよう気を配ることも必要だ。だが、酒の入った客の相手までは必要ない。これからもああいう時は、俺か親父が必ず間に入るから」

その言葉に、芽衣の胸が熱くなった。

こうやって彼に励まされるのは、もう何度目だろう。はじめから彼は芽衣の仕事を尊重してくれる。料理人の中で過ごしていた六年間の中で、誰からも言われなかった言葉をくれるのだ。

「嬉しいです。ありがとうございます」

晃輝が再び、申し訳なさそうな表情になった。

「ただ、できれば今夜の隊員たちの振る舞いをあまり悪く思わないでくれるとありがたい。海自の隊員は暑苦しいくらいの仕事人間ばかりで。イベントは自衛隊の仕事を一般の方に知ってもらう貴重な機会だから、つい熱心に誘ってしまったんだろう」

「大丈夫です。ちょっと困っただけで、嫌だとは思いませんでした」

無理をしているわけではない、芽衣の本心だ。自分の仕事が大好きでもっと皆に知ってもらいたい気持ちは、芽衣にもよくわかる。芽衣も料理の話題になるとつい口が止まらなくなってしまうのはいつものことだ。

「皆さんと私が変な雰囲気になる前に、うまく間に入ってくださってありがたかったです」

晃輝が止めてくれたから、芽衣と客たちの間に嫌な感情はまったくなく話を終えられたのだ。

あのまま自力でそれができたかどうかは……正直言って自信がない。

「晃輝さんみたいな上司のもとだと、きっと気持ちよく働けるだろうなって思います。皆さんから慕われているのも……納得です」

頬が少し火照っているのを彼に悟られないように芽衣は視線を落とした。

あまり踏み込んだことを言ってしまうと、芽衣の想いが伝わってしまいそうだけれど、このくらいの言葉なら大丈夫だろう。

「それはどうかな……」

晃輝がそう言って、一旦口を閉じしばらくなにかを考えている。

少し不思議なその沈黙に芽衣が首を傾げると、彼は思い切ったように口を開いた。

「……さっきあの隊員を止めたのは、彼らのためだけじゃなかったような気がする」

「え？」

彼の言葉を意外に思って視線を上げると、晃輝が自分を見つめていた。

それが、いつもの優しい目とは、少し違っているように思えて芽衣の胸がドキッとした。

「あいつらが君に馴れ馴れしくするのを、俺自身が不快に感じたんだ」

思いがけない言葉に、芽衣は息が止まりそうなほど驚いてなにも答えられなかった。

隊員たちが芽衣に親しげにするのを、彼は不快に感じた。

それはつまり……？

晃輝が軽く咳払いをする。

「いや……俺だって、こんな風に思う立場にないのはわかっている。だからはじめは黙っていようと思ったんだが、あいつらが、あまりにも君に親しげにするから、気がついたら口を挟んでしまっていた」

真っ直ぐに芽衣を見て、晃輝がさっきまでの自分の気持ちを率直に語る。

その意味を理解すると同時に芽衣の頬と耳がこれ以上ないくらいに熱くなっていく。

頭の片隅でそうだったらいいのにと考えながら、あり得ないと打ち消した想像が現実になろうとしている。すぐには信じられなかった。

「悪い、不快に思ったのなら申し訳ない」

黙ったまま答えられない芽衣の反応をどう捉えたのか、彼は眉を寄せる。芽衣は慌てて首を横に振った。

「違います！　不快なんて思っていません！　私……ただ、まさか晃輝さんもそう思ってるなんて思わなかったから……」

そこで、慌てて口を閉じる。

彼の誤解を否定したくて言ってしまった言葉だが、これではもう芽衣の気持ちは彼に丸わかりだ。深く考えないようにしているが、自分でも彼に対する気持ちが特別なものだとわかっている。

とても彼の顔を見られなくて芽衣はうつむく。視界の先で晃輝の足がわずかに動いた。いつものラインを越えようとしているのに気がついて、芽衣の胸が痛いくらいに高鳴った。

――でも彼の靴は、ラインを越えることはなく、もとのところへ戻った。

「日曜日のイベントは、地元のメディアの取材が入る。海自の公式ホームページでも紹介されるはずだ」

唐突に話を戻した晃輝を不思議に思って芽衣は顔を上げる。雰囲気を変えようとしているのかと思ったが、そうではなく、彼は相変わらず熱を帯びた眼差しで芽衣を見ていた。

「少しでいいから、目を通してくれないか。できれば君に俺の仕事を知ってほしい」

「海上自衛隊のお仕事を？」

「ああ、その上で俺はさっきの話の続きをしたい。俺の仕事は特殊で制約も多い。君がなにも知らない状態で、俺とこれ以上距離を縮めるかどうかの決断を迫るべきではないと思う」

彼の職業柄、ふたりが付き合うことになったとしても、一般的な恋人同士とは違う付き合いになるのだろう。それを芽衣が予測できない状態で、気持ちを伝えるべきではないということか。

どこまでも誠実で思いやりのある人だと芽衣の胸が熱くなった。

もうお互いの気持ちはほとんどわかっている状態だ。ならばこのまま流れに任せて、芽衣から彼にとって都合のいい返事を引き出すのは簡単なのに。

あくまで芽衣が、自分にとって最善の答えを出せるようにと考えてくれている。

――知りたい、と芽衣は思った。

彼が人生を賭けている海上自衛官という仕事を。

父を越えると言った時の強い眼差しに込められた思いを。

付き合うための判断材料にするわけではなく、ただ彼のことを知りたかった。

「はい。直接、行こうと思います。晃輝さんがお仕事をしているところが見られる貴重な機会ですし」

熱い思いを感じながら答えると、晃輝がふっと笑った。

「嬉しいよ。……さっきのあいつらのこと言えないな」

考えてみれば、うみかぜ以外で晃輝に会える機会が芽衣にとっては貴重だ。そう考えると途端に楽しみになってくる。さっきまでは参加しようと考えてもいなかったのに、現金だと自分で自分に呆れるくらいだった。

晃輝が真面目な表情に戻って、口を開いた。

「でもさっきの隊員みたいな奴らには気をつけてくれ。不必要に声をかけられたりしたら誰でもいいから他の隊員に助けを求めればいい」

それこそ不必要な心配をする晃輝に、おかしくなって芽衣はぷっと噴き出した。

「そんな心配、大丈夫ですよ。皆さんお仕事中でしょう？」

「いや、だけど、隊員たちにとっては出会いの場でもあるんだよ。何年かに一回はイベントで知り合った相手と結婚するっていう隊員がいて……とはいえ俺はまだ君にこんなことを言える立場にはないんだが」

熱くなる芽衣の頬に彼の手が伸びてくる。

一瞬、引き寄られるのかと芽衣は思う。

けれど彼はそうはせずに、ただ芽衣の頬にそっと触るだけだった。

それでも、少しひんやりとする大きな彼の手の感覚に芽衣の胸は痛いくらいに高鳴った。今すぐにそのラインを越えてこちらへ来てほしいと思う一方で、一歩も動かない彼を、これ以上ないくらい素敵だと思う。

「日曜日の夜、連絡する」

熱っぽい視線で自分を見つめる晃輝に、芽衣はこくんと頷いた。


イベントが開催される日曜日は、よく晴れていた。

その日芽衣は迷った末に、仕事中は後ろでひとつに結んでいる髪を下ろして、グリーンのドルマン袖のブラウスにワイドパンツを合わせた。お気に入りのバッグを肩から斜めに下げて、意気揚々と坂を下りる。

基地に着くと、普段は閉まっているであろう門が開いている。中の広場には白いテントがずらりと並び制服姿の隊員たちが店を開いている。

訪れているお客さんたちは、さまざまだ。

観光客と思しき人たちや、地元の子供たち、カメラを持ったミリタリー好きの男性たち、皆滅多に入れない基地の中に、興味津々のようである。

隊員たちのかっちりとした制服は一見すると近寄りがたいように思えるけれど、皆ニコニコと一般客を出迎えていて、子供たちとの写真撮影にも気軽に応じていた。

想像していたよりも楽しそうな雰囲気に胸を弾ませながら広場を歩く芽衣にあちらこちらから声がかかる。

「芽衣ちゃん、来てくれたんだ」

「今日は俺たちがおもてなしするよ」

白いテントのブースには、食べ物のお店だけでなく、海上自衛官の職務内容を紹介する展示や、防護服を実際に着られるコーナーなどがある。

それを芽衣はゆっくりと見て回った。普通に生活しているだけでは知り得ない海上自衛隊の役割に驚き感心していた。彼らが担う国防という役割は、普段は意識する機会はないけれど、この国に欠かせない重要な仕事なのだ。

店に来る陽気で礼儀正しい隊員たちが、皆重い使命を背負っているのだと知り、頭が下がる思いがする。

ひと通り回った芽衣は《護衛艦いずも》と書かれている立て看板の方へ進む。その向こうには、巨大な建造物のようにそびえ立つ灰色の護衛艦が停泊している。さっき確認したらもうすでに予約はいっぱいで中へ入れないようだが、外からだけでも見てみようと思ったのだ。もしかしたら晃輝を見られるかもしれない。

ちょうどあるグループが艦内の見学を終えて出てくるところのようだ。いずもと岸を繋ぐ橋をたくさんの人が渡っている。彼らに目を配りながら、岸側で迎える隊員が視界に入り、芽衣の鼓動がドクンと跳ねた。

晃輝だ。

彼も、いつもうみかぜに来る時の私服ではなく制服を身に着けている。紺地に金色の刺繍が施された階級章が付けられた半袖から、鍛え上げられた腕が覗いている。普段とは少し違った雰囲気の彼に芽衣の鼓動はスピードを上げていく。

彼の制服姿を芽衣ははじめて見たはずなのに、懐かしいような不思議な感覚に襲われる。今すぐに駆け出して彼のもとへ行きたいという強い衝動が全身を駆け抜けた。

私は彼とともにいるべきだ、という確信が胸に広がる。

穏やかな表情で見学者を見送る晃輝から視線を外せないまま、芽衣はそちらへ向かって一歩踏み出す。

――その時。

「案内の人、めっちゃカッコよかったね」

「ね！　写真撮ってもらいたかった！」

大学生くらいの女性グループがテンション高く話しながら芽衣のすぐそばを通り過ぎる。ハッとして、芽衣は足を止めた。

心を落ち着かせようと、深呼吸をする。この感覚に、覚えがあるような。晃輝とはじめて会った日、彼の姿を見て『おかえりなさい』と言ってしまった時の……。

「秋月さん」

声をかけられて顔を上げると、晃輝が小走りに芽衣のところへやってきた。

「来てくれたんだね」

「こんにちは……」

さっきの動揺からまだ完全には抜け出せず、小さな声で答えるのが精一杯。顔が赤くなっているのが自分でもわかった。

「今来たとこ？」

「いえ、先にあっちのブースを見て回りました。お仕事紹介がいろいろあってすごく興味深かったです。難しい話もわかりやすく展示してあって」

知識のない芽衣でも自衛隊の活動内容が本当によくわかった。

「晃輝さんのお仕事を知るのにぴったりのイベントだったんですね」

「わかりやすかったならよかったよ。今日はそういう目的のイベントだから」

やっぱり来てよかったと芽衣は思う。重要な使命は、彼の一部なのだ。だからこそ日々の厳しい訓練に耐えられるのだろう。彼と一緒にいたいならば、それを知っておくべきだ。

「晃輝さんのお仕事のこと、少しだけどわかりました」

今なら、きちんとした判断で答えを出せる自信がある。熱い思いと揺るぎない使命感を持って職務をまっとうしようとする彼を心から素敵だと思うから。

想いを込めてそう言うと、晃輝が綺麗な目を細めて微笑んだ。そしてさりげなくほんの一瞬、芽衣の方へ身体を傾けた。

「七時に部屋へ迎えに行く」

周りの音が一瞬止んだように、彼の低い声音だけがはっきりと聞こえて、芽衣は目を見開き頬を染める。秘密めいたやり取りに胸が高鳴った。

「じゃ、後で」

くるりとこちらに背を向けて、彼は颯爽と去っていった。

背の高い彼の背中をじっと見つめて、芽衣ははっきりと自覚する。彼に対する特別な想いは、紛れもなく恋なのだ、と。

認めるのが少し怖かったけれど、自分は彼を愛している。

潮の香りがする風が強く吹いて芽衣の髪がさらさらとなびいた。

「今日はごちそうさまでした。美味しかった……」

うみかぜが建つ丘へ続く坂道をゆっくりと上りながら、芽衣は晃輝に礼を言う。

隣の晃輝が安堵《あんど》したように笑った。

「そう言ってもらえて安心したよ。料理人の君をどんな店に連れていくべきか実は少し悩んだんだ」

「すごく美味しかったです。ちょっと私には高級な感じがして、はじめは緊張しましたけど」

イベントの後、約束通り、七時きっかりに芽衣の部屋へ迎えに来てくれた晃輝が食事をしようと連れていってくれたのは、横須賀の夜景が見渡せる落ち着いた雰囲気の創作料理の店だった。

「でも、ちょっとまたお話ししすぎたかも……すみません」

彼は個室を予約していた。つまりそこで例の話をするつもりだったのだ。

もちろん芽衣だってそのくらいはわかっていたけれど、料理が運ばれてきたと同時に頭から吹き飛んでしまったのだ。

主に魚介類を使った料理が自慢のその店のメニューに芽衣は感動を覚えた。まず盛り付けに驚いて、食べてみて感心して、晃輝の意見を聞いてみたり自分の感想を話しているうちに、あっという間に時間が過ぎて会計の時間になってしまったのだ。

今は、店を出て芽衣の家へ送ってもらっているところである。

はじめてのふたりだけの食事、しかも普段は行かないようなラグジュアリーな雰囲気の店だったというのに、雰囲気もなにもあったもんじゃないと呆れられていてもおかしくない。

肩を落とす芽衣の隣で、晃輝がくっくっと笑った。

「いや、楽しかったよ。君の話はどれだけ聞いても飽きないから。あの店は魚介料理が多いから、気に入るんじゃないかなと思ったけど予想以上だったな」

彼の笑顔に、芽衣の鼓動はとくんとくんと音を立てた。相変わらずドキドキするのは変わらないが、あの基地での強い衝動のようなものはない。そのことに芽衣は少しホッとした。

「どうかした？」

黙ったまま見つめる芽衣に、晃輝が笑うのをやめて問いかける。

「いいえ、いつもの晃輝さんだなと思って。昼間のお仕事中は制服だったから、不思議な感じがしました」

「ああ、制服ね」

「はい。なんか、いつもと全然違って見えました。すごく……ドキドキして」

そこで芽衣は、しまったと思い口を閉じる。あの強い衝動を思い出しながら思わず口にしたけれど、考えてみれば本人を前に言うべきではなかったかもしれない。

「えっと……そうじゃなくて。いえ、そうじゃないわけじゃないけど……」

ごにょごにょと言い訳をしていると、晃輝がふっと笑った。

「そういう君も、今日はいつもと違っていた。いつものまとめている髪も可愛いが、下ろしているのは反則だ」

「そっ……！　そんな、ただ髪を下ろしていただけです」

「それでもだ」

晃輝がそう言って足を止める。

いつの間にかふたりは、坂道の途中にある小さな公園に来ている。見晴らしのいいこの公園は昼間は近くの小学生が遊んでいるけれど、今は誰もいなかった。

「秋月さん」

晃輝の声音が少し変わったことを感じて芽衣は背筋をスッと伸ばす。経験のない芽衣にもいよいよだ、ということがわかった。心臓がバクバクと鳴っていて、少し手が震える。緊張でどうにかなってしまいそうだ。

「好きです」

はっきりとした声で彼が口にしたストレートな言葉が、芽衣の胸を射貫いた。

「イベントで見てもらった通り俺の仕事は特殊だ。制約も多いから一般的な付き合いはできないと思う。……我慢してもらうことも多い。だけどその分、それ以外の場面では、全力で大切にすると誓う。俺と付き合ってほしい」

誠実で真っ直ぐな彼らしい言葉を、芽衣はそのまま受け止める。嬉しくて迷わず頷いた。

「はい。よろしくお願いします」

ぺこりと頭を下げて顔を上げると視線の先で晃輝が安堵したようにふわりと笑った。

「よかった。ありがとう」

少し照れくさそうなその顔は、はじめて見る表情だった。

二日前に、すでに気持ちは伝わっていたとはいえ、きちんと言葉にするのとは全然違う。改めて気持ちが通じ合った嬉しさが心の中に広がった。同時に真っ直ぐに自分を見つめる彼の視線が恥ずかしくて、芽衣は目を伏せる。

晃輝の両腕が芽衣を包むように動いたことに気がついてドキリとした。抱きしめられるかと思うけれど彼の手は芽衣に触れる寸前でぴたりと止まった。

ドキドキしながら見上げると、晃輝がなにかを堪えるように眉を寄せている。そして自分の髪をぐしゃっとしてふーっと長いため息をついた。どこか迷うようなこの仕草を不思議に思って首を傾げると、晃輝が困ったように笑った。

「抱きしめてしまいそうになった」

「え」

「いつ誰が来るかもわからないところでするべきじゃないのに。誰かに見られて君がなにかを言われるのは、絶対に避けたい」

彼らしい言葉に、芽衣の胸は熱くなった。誠実な彼はいつも芽衣のことを第一に考えてくれる。そんなところを好きになったのだ。思わず芽衣は口を開く。

「私……。晃輝さんのそういうところが、すごく……その……」

晃輝が首を傾げた。

「チーフとのことがあってから、私、ちょっと男の人が怖くなりかけてたんです。仕事では大丈夫なんですけど、プライベートで親しくなるのはしばらくやめておこうって。でも晃輝さんは、すごく信用できる人で、こんなに誠実で紳士的な人もいるんだって思ったら、いつの間にか特別に想うようになっていました」

胸にある素直な想いを口にすると、晃輝が意外だというように瞬きをしてから、少し照れたように笑った。

「ありがとう」

おそらく彼にとっては当然の行動だからだろう。そんなところも素敵だと思う。

「でもそう言われると、ちょっと申し訳ない気分になるな。さっき抱きしめるのをやめたのは、君のためでもあるんだけど、本当はもうひとつ理由があったから」

意味深なことを言う晃輝に、芽衣は首を傾げる。すると彼は身を屈め芽衣の耳に囁いた。

「ここで君に触れてしまったら、いろいろ我慢できなくなりそうだったんだ」

「っ……！」

思いもしなかったその言葉に、思わず芽衣は両手で口を塞いだ。顔がこれ以上ないくらいに熱くなっていく。

「幻滅した？」

頭が茹で上がりそうになりながら、芽衣は首をブンブンと振る。そんな風には思わない。むしろその逆だけれど、なにも言えなかった。

晃輝が動揺する芽衣を見て、ふっと笑った。

「帰ろうか」

ふたりはまた歩き出す。いつもの道、いつもの景色のはずなのに、芽衣にはまるで世界が変わったように思えた。

「久しぶりに緊張したな」

歩きながら、ふうっと息を吐いて晃輝が言う。その呟きは、芽衣にとっては少し意外だった。年上で素敵な人だから、忙しい立場だとしてもそれなりに恋愛経験はあったはず。今さら七つも年下の芽衣に付き合ってほしいと言うくらいなんでもなさそうなのに。

「晃輝さんでも緊張するんですね……」

「そりゃあするよ。好きな人に想いを伝えるんだから。こういうのは、いつまでたっても慣れるってことはないんじゃないか？」

同意を求められても、芽衣にはよくわからなかった。

確かにさっきは心臓が口から飛び出そうなほど緊張したが、そもそもそれは、芽衣にとってまったくはじめての経験だからだ。

「えーっと……」

なんと答えればいいかわからなくて口ごもる。とはいえ、付き合うならばいずれはわかってしまうと、覚悟を決めて芽衣は事実を口にする。

「わかりません……。私、彼氏ができるの……はじめてで」

学生時代に、付き合ってほしいと言われた経験は何度もある。けれど、残念ながら芽衣の方は相手を好きだというわけではなかった。だからこういう場面でもここまで緊張しなかったのだ。

言い終えて恐る恐る晃輝を見ると、彼は驚いたように眉を上げてフリーズしている。

「す、すみません……」

いくらなんでも二十六にもなって全然経験がないなんて、と呆れられただろうか。

慌てて芽衣は言い訳をする。

「私、学生時代は学費のためにバイトばかりしてたんです。働き出してからは……」

「いや、謝る必要はない」

芽衣の言葉を晃輝が遮った。

「謝らなくていいよ。むしろ……いや、なんでもない。そうか……と思っただけだ。だけど、そうだな……じゃあ俺もそのつもりでいる」

珍しく少し動揺している様子でそう言うのを、芽衣は少し不思議に思う。

とはいえ『そのつもりでいる』という言葉には安心した。

それならば、はじめての付き合いに芽衣が少しくらいズレた言動をしても、変に思わないでくれるだろう。

「なにか気をつけることがあったら言ってください。一般的な付き合いはできないって、あまり会えないってことですよね」

「そう。しかもスケジュールも教えられるものとそうじゃないものがある。基本的には長期航海の時の戻りがいつになるかは話せない」

「わかりました」

歩きながら、これからの付き合いに関して話す晃輝の声を、芽衣はふわふわした気持ちで聞いていた。

確かに普通の恋人同士とはまったく違う付き合いになりそうだが、それはうみかぜで働く芽衣にとっては、納得している話だ。

「しかも災害や有事の際はスケジュールが変更になって長期間帰ってこられなくなる。

特にこれからの季節は台風が来るから、……変更はしょっちゅうだな」

「台風が？」

「ああ、台風が来ると海が荒れる。艦艇が接岸していると艦体に傷が付くからそれを避けるために、基地に停泊している艦艇は、すべて出港するんだ。休みでも基地に戻らなくてはいけない」

「え……？　出港するんですか？　海が荒れているのに……？」

ドキッとして芽衣は尋ねる。

頭の中がスッと冷えて胸がざわざわと騒いだ。台風で海が荒れている中、船を出すなんて信じられない話だった。

「そんな……沈んじゃうじゃないですか」

実際にその船に乗る乗組員に対して配慮に欠ける言葉を口にしてしまう。

両親が亡くなったあの時の記憶が蘇る。あの日は海は荒れていなかった。だからなぜ両親の乗った船が沈んだのか、結局わからずじまいだったのだ。穏やかな海に出航した船に乗っていた両親でさえ、無事に帰ってこなかったのに、荒れた海に出港するなんて正気の沙汰とは思えない。

「海上自衛隊の艦艇は、どれも台風くらいでは沈まないよ。大丈夫」

芽衣を安心させるように晃輝が力強く言い切った。
「そう……なんですね。不謹慎なことを言って、すみません」
「いや、大丈夫。はじめて聞く人は皆、驚くよ。だからこの時期は、予定を立てると
しても天気予報と相談なんだ。旅行なんかの予定は立てにくい」
「そうなりますよね……」
両親が乗った船の行方がわからなくなってから、海上保安庁が懸命に捜索したが、
結局両親は見つからなかった。だからまだ子供だった芽衣は海を怖いと思ったの
だ……。
「大丈夫？　少し疲れた？」
晃輝が心配そうに芽衣の顔を覗き込む。すぐ近くにある彼の視線に、過去を思い出
していた芽衣は、現実に引き戻された。
いつの間にか、芽衣の部屋の前まで来ていた。
「大丈夫です。確かに、いろいろなことがあって、ちょっとキャパオーバーって感じ
ですけど」
心を落ち着かせながら、芽衣は答える。
両親の事故を思い出すのは随分と久しぶりだったから、少し動揺してしまった。け

れど大丈夫だと、芽衣は自分に言い聞かせる。小さい頃は、両親を奪った海が怖かったが、今はもうそんなことはない。それに晃輝が航海に出る仕事をしているのははじめからわかっていたことだ。

それなのになぜか心がざわざわとして落ち着かない……。

「送ってくれて、ありがとうございました」

言いながら彼を見て、芽衣の鼓動は飛び跳ねる。

晃輝が、いつものラインを越えていると気がついたからだ。

身を屈めて芽衣の耳に寄せた彼の唇が囁いた。

「芽衣」

芽衣の身体の奥のなにかが、ずくんと大きく音を立てた。

「ドアを開けてくれる？　さっきできなかったことをしたい」

甘い甘い問いかけに、芽衣はさっきまで自分がなにを不安に思っていたのかわからなくなってしまう。頬が熱くなってうなじがチリチリと痺《しび》れるのを感じながら、ただこくんと頷いた。

――静かにドアが閉まると同時に、芽衣は優しく引き寄せられる。薄暗くて狭い玄関で、彼の腕の中に閉じ込められた。

「芽衣、好きだよ」

耳元で熱い吐息が囁いた。

再び、身体の中心がぐらりと揺れて、そこから熱が広がってゆく。

店では皆、芽衣のことを名前で呼ぶ。だからそう呼ばれてもなにも特別なことではないはずなのに、彼の声で呼ばれるだけでまったく違って聞こえるのだから不思議だった。

「ずっとこう呼びたかった。他の隊員たちが君の名を呼ぶのが気に食わなかったんだ」

「あ、あれは、ただ親しみを込めてそう呼んでくださっているだけで。特別な意味なんてないです」

普段は冷静で穏やかな彼が口にする少し身勝手な独占欲に、芽衣の背中を甘いぞくぞくするものが駆け抜ける。頭が沸騰してしまいそうだ。

「それでもだ。芽衣、こっちを向いて」

その言葉に芽衣はこくりと喉を鳴らす。上を向いたその先に、なにが待っているのか、経験のない芽衣でもわかる。

恐る恐る顔を上げると、至近距離にある熱い眼差しが自分だけを見つめていた。

大きな手が顎に添えられ、親指が唇を優しく辿る。

「キスしていい？」

言葉にして確認するのが、彼らしいと芽衣は思う。彼は、特別な関係になっているからといって、芽衣の望まないことはしないのだ。

けれどそれに答えるのは、たまらなく恥ずかしい。

彼のシャツをギュッと握りしめて、恐る恐る頷く。それが自分にできる精一杯だ。

ゆっくりと晃輝の視線が下りてくる。息をするのも忘れてそれを待つ。

柔らかい温もりが優しく触れる感覚に、芽衣の身体はびくりと揺れる。足の力が抜け崩れ落ちそうになるのを彼の腕に支えられる。

「大丈夫？」

恥ずかしくてたまらなかった。はじめての経験だとはいえ、軽く唇が触れるだけでこんなに反応してしまうなんて。

「す、すみません……うまくできなくて」

「謝るな。俺は嬉しい」

「え？」

意外な言葉に瞬きをする芽衣の腰にがっしりと彼の腕が回される。たとえ芽衣の身体の力がすべて抜けたとしても、支えられるくらいしっかりと。

また顎に手が添えられる。

「芽衣、もう一度」

その言葉を聞いたと同時に、熱く唇を奪われた。思わず芽衣は吐息を漏らす。

目を閉じると、芽衣が大好きな食事をする時の彼の姿が脳裏に浮かんだ。芽衣が作ったものを美味しそうに食べてくれるその口に、今は自分が食べられているような、そんな感覚に襲われる。

「芽衣、少し口を開けて」

その言葉の意味を理解したというよりは、酸素を求めて薄く開いた芽衣の唇に、すかさず晃輝が侵入した。

彼の衣服をギュッと掴み、芽衣はそのはじめての衝撃を受け止める。口の中で晃輝が優しく動くたびに、頭の中心がぐらぐらと揺さぶられ、芽衣の中の自分でも知らなかった場所を溶かされていくような感じがした。

「……こういうキスは、嫌じゃない？」

ほんの少しだけ唇を離して彼が囁くように問いかける。

頭が焼け切れてしまいそうだけれど、嫌だとか、そんな風には思わなかった。

それどころか……。

「やじゃ、ない……です」

呼吸を整えながら芽衣はようやくそれだけを口にする。深く触れ合っているのはそこだけのはずなのに、身体の奥がキュッとなって全身が熱い。

頭の中がふわふわしてもうこれ以上は耐えられないと思うのに、もっとしてほしいという相反するふたつの感覚が芽衣の中でマーブル模様を作っている。

「少しでも怖いと思ったら合図して。俺は、絶対に芽衣が嫌だと思うことはしたくない」

さっき公園で言っていた、恋愛経験のない芽衣に対する『そのつもりでいる』と言った言葉を実行してくれているのだろう。あるいは、チーフとの出来事に傷ついた芽衣を思いやってくれているのかもしれない。

どこまでも芽衣の気持ちを優先してくれる優しさと誠実さに、芽衣の胸は彼への想いでいっぱいになる。

恋愛は自分には不要なものと避けていた上に男性不審になりかけていた自分が、誰かと愛を育むなら彼しかいないと思う。

「怖くないです。私、晃輝さんならなんでも……」

思うままにしてほしい。たとえそれが痛みをともなうものだとしても、かまわないという気分だった。

「私……っ」

言いかける芽衣のうなじに、大きな手が差し込まれる。その感覚に吐息を漏らす唇を、また彼に塞がれた。

素早く入り込んだ彼の熱が芽衣の中で暴れ回る。さっきまでとは、まったく違う熱くて深くて激しいキスに、芽衣は身を震わせる。普段の紳士的な彼からは想像もできない一面に、求められているのを感じて、芽衣の心が喜びに震えた。

もう自力で立っているのかすらわからないくらいだった。

「芽衣、大丈夫？」

問いかけられてゆっくりと目を開くと、芽衣の身体を危なげなく支えて、晃輝が少し心配そうに眉を寄せている。

「だ、大丈夫です……」

呼吸を整えながら芽衣は答える。いつの間にか唇が離れていたことにすらすぐに気がつかないほど夢中になってしまっていたのだ。頬が熱くてたまらない。今度は完全に彼の腕に身を預けてしまっているのに気がついて慌てて彼の腕を掴み、体勢を立て直す。なんでもしてほしいと思ったけれど、こんな状態で心臓がもつだろうかと、心配になるくらいだ。

「すみません。ちょっと、説得力ないですよね……」

晃輝が目を細めて芽衣の頭を優しく撫でた。

「ゆっくり慣れて。変更がなければ、しばらくは陸にいられるから。こうやって会いに来られる」

自分を見つめる眼差しに芽衣の胸はときめくけれど、頭の中はスッと冷える。

『変更がなければ』

幸せな世界に紛れ込むほんの少しの黒い不安。その存在から目を背けるように芽衣はそっと目を伏せた。

「……はい。お待ちしています」

第三章　現実

「芽衣、お前休み決めたのかよ。直前だとチケット取れないぜ」

　午後八時半を過ぎたうみかぜにて、カウンターに座って生姜焼き定食を食べている直哉が不満そうにそう言った。いつもならこの時間は少し人が減り出すのだが、今日はまだわいわいガヤガヤとしている。

「直くん、私はおばちゃんと休みを合わせるって言ったじゃない。おばちゃん今年のお盆は休みじゃないんだって。だから秋にずらそうかと思ってるの。マスターにもそう話してて」

　彼のお冷を継ぎ足しながら、芽衣は答えた。

「時期をずらすって九月か？　なら俺もその頃に休みを取るようにするよ。いつだ？」

「そこまでしてもらわなくて大丈夫だって。おばちゃんの休みがわかるのが、もう少し後になるんだもん。直くん、直前じゃ休めないでしょう」

　そんな話をしていると、窓際の客席から声があがる。なにやら盛り上がっているようである。

「えー！　その話、マジですか？」

「ショック。デマであることを願う……！」

内容まではわからないが、噂話をしているようである。そのうちのひとりが振り返り芽衣に向かって口を開いた。

「芽衣ちゃん、イベントの日の夜、衣笠一尉と一緒に通りを歩いてたって本当？」

よく通る大きな声で尋ねられて、芽衣は思わず盆を取り落としてしまいそうになってしまう。まさか自分と晃輝の話だとは思わなかった。

「え⁉　えーっと……」

どう答えればいいのかわからなくて言い淀む。とはいえ、嘘をつくわけにもいかず、頷いた。

「……はい」

「マジかー」

「夢破れる！」

一緒にいたと答えただけなのに、もう芽衣と晃輝が付き合っているのは確定という雰囲気である。でもその後、付き合うことになったのは事実なのだから、否定もできない。

「やっぱり衣笠さんには敵わないなー」

「当たり前だろ？　だからこそ、衣笠さんが戻られるまでが勝負だったのに」

「だけど衣笠さんなら納得だなー」

もはや芽衣そっちのけで盛り上がる彼らをよそに、直哉が芽衣を低い声で呼んだ。

「おい、芽衣。芽衣……！」

「……なに？」

「なにじゃないだろ。衣笠一尉ってマスターの息子だろ？　お前、あいつと付き合ってるのか⁉」

直球で尋ねられて、芽衣は気まずい気持ちで頷いた。

「……まあ、そう」

家族のような存在の彼に彼氏の話を聞かれるのはたまらなく恥ずかしい。とはいえ、隠す理由はなにもない。素直に認めると直哉が険しい表情になった。

「お前正気か⁉　あの人海上自衛官なんだろ？」

「そうだよ」

「そうだよ、じゃねえよ」

厨房にいるマスターと他の客の手前少し抑えてはいるものの、厳しい声で直哉が言う。舌打ちをして、口を開く。

「海上自衛官ってことはだな、普段は……」

——そこで。

ガラガラと店の扉が開く。振り返ると晃輝が暖簾をくぐって入ってくるところだった。さすがに直哉は口を閉じる。

「晃輝さん、おかえりなさい」

晃輝がにっこりと微笑んだ。

「ただいま」

「今日は早かったんですね」

「ん、まあね。……こんばんは」

晃輝は、芽衣の隣の直哉に向かって挨拶をする。

直哉が軽く会釈した。

「衣笠一尉お疲れさまです」

「一尉、お疲れさまです。今日はご報告がございます」

「質問がございます」

奥の客たちから晃輝に声がかかる。十中八九さっきの話だ。芽衣は顔から火が出そうな心地がした。

「なんだ？」

晃輝はカウンター席へは座らずに彼らの方へ歩み寄る。

「隣の隊の同期から、イベントの日の夜、芽衣ちゃんと一尉が仲良く歩いていたという目撃情報が入りました！」

「状況報告願います」

冗談混じりに、さっきの話を質問する。

晃輝がややバツが悪そうな表情になった。

「お前ら……早いな」

「はい！　情報の収集には、自信がありますっ！」

「情報って……」

晃輝が呆れたようにため息をついた。とはいえ、誤魔化したりするつもりはないようだ。はっきりと宣言する。

「君の想像している通りだ。秋月さんとお付き合いさせてもらうことになった」

彼らのテンションはマックスになった。

大袈裟に残念がる者、祝福する者。

彼らの話を晃輝は穏やかに柔らかく受け止めている。付き合っていると周囲に知られてどう振る舞えばいいかわからない芽衣に比べて、余裕のある態度で彼らに答えているのがさすがだ。

考えてみれば彼ほどの人が、横須賀の街で芽衣とふたりでいて、誰かに目撃されることを想定していないはずがない。

あらかじめどうするかは決めていたのかもしれない。

「秋月さんは僕らの癒しでありましたから、非常に残念ですが、お相手が衣笠一尉というのを私はむしろ嬉しく思います」

客のひとりが立ち上がってそう言った。

この中で一番若そうな客だ。晃輝の方は見覚えがないようで問いかける。

「君は？」

隊員が背筋を伸ばして敬礼した。

「『はたかぜ』所属の江口《えぐち》といいます」

「よろしく」

海上自衛官は同じ船の上では家族のように過ごしているという話だが、さすがに他の艦隊の隊員を含めた全員の名を把握しているわけではないようだ。

江口が敬礼したまま、話し続ける。

「以前よりいつか一尉とお話ができる機会があれば、お礼を申し上げたいと思っておりました。以前、私の母は衣笠一尉に助けていただきました」

「お母さまが？」

「はい。私の母は、太平洋《たいへいよう》沖で起きた『クイーンマリア号』座礁《ざしょう》事故の乗客でした」

「……そうなのか」

晃輝が目を見開いた。

クイーンマリア号は十年ほど前に座礁事故を起こした外国客船だ。大きな事故で、世界中でその救助活動の様子を報道していた。日本でもこの時期はテレビをつければこの事故の話で持ちきりだったと記憶している。日本人も数十人乗船していたと報道されていたが、江口の母親はその中のひとりだったのか。

「近くを航行中の海上自衛隊の船が救助にあたったと母から聞きました。あの事故は船上で起きた火災が原因だったと言われていますが、事故が起こった際、母も煙に巻かれていてもうダメだと思ったそうです。その中を日本の海上自衛官に救助された時は涙が出たと。その自衛官が衣笠というお名前だったと母は言っておりました」

隊員が語る内容は他の隊員たちにとっても初耳だったようだ。皆言葉を失っている。

「私はその話を母から聞いて、海上自衛官を目指そうと決めたんです。当時の記録を調べて、あの時炎上する船の上で母を救ってくださった隊員が衣笠一尉だったと知ってから、いつか必ずお礼を申し上げたいと思っておりました。あの時は、母とその他の乗客たちの命を救ってくださり、ありがとうございました」

江口はそう言って、深々と頭を下げた。

「あの事故は本当にひどかったってうちの隊の上官も言ってたな」

別の隊員が、声を落としてそう言った。

「一刻の猶予《ゆうよ》もない混乱状態で救助する方も危険だったって。実際、隊員がひとり亡くなっていますよね？」

隊員からの問いかけに、晃輝が鎮痛な面持ちで頷き、しばらくして口を開いた。

「あの時は、遠洋練習航行の帰りだった。救助にあたったのは私だけではない。だが……そうか、君はあの時の女性の……」

「はい。ですから私は必ず衣笠一尉のような立派な自衛官になってみせると決めております」

江口がそう宣言すると周りは「おおっ」と声をあげる。

「期待してるよ」

「はい！」

江口が笑顔で答える。

晃輝も心底嬉しそうだ。

……けれど、少し離れた場所でそのやり取りを聞いている芽衣は、自分の血の気がさっと引いていくのを感じていた。

クイーンマリア号の座礁事故は歴史に残る海難事故だと言われている。船上で起きた火災の原因についてはいまだに明らかになっておらず犠牲《ぎせい》者に対する補償も完全には終わっていない。

その現場に、まさか晃輝がいて火災の中、乗客の救助にあたっていたなんて……。

鼓動が嫌なリズムを刻み出す。彼の仕事は、ただ船に乗るというだけでなく災害や有事の際は真っ先に現場に向かう仕事なのだ。事故であったとしても近くの海域にいれば救助活動を行う。イベントでも説明されてはいた。けれど一般人向けの説明だったから、場合によっては隊員の命にかかわるという書き方ではなかった。

本人たちの口からリアルに聞くのとはまったく印象が違う。

海上での救助活動ならば、相当な危険が伴うことは想像に難くない。現に彼は炎上する船の上で救助活動をしていたのだから。彼が無事に帰国してこうしてここにいることすら、芽衣にとっては奇跡と思えるくらいだった。

——彼の仕事は常に危険と隣り合わせなのだ。

それを今、改めて実感して芽衣の中のどこかふわふわしていた気持ちが一気に冷えていく。

前回はなにもなかったからといって、今日もこれからも大丈夫だとは限らない。

両親が亡くなってすぐ後の海が怖かった時の自分に戻ってしまったような気分だった。彼と付き合うということは、こんな気持ちで海にいる彼を待つということで……。

「芽衣！」

直哉の声を聞いたと同時に、芽衣の手から盆が滑り落ちる。バーンという派手な音とともに、その場に倒れそうになるのを直哉に受け止められた。

「芽衣、大丈夫か⁉」

「……大丈夫、直くんごめん」

一瞬世界が白くなったけれど、今は誰に話かけられているのかはっきりとわかる。

直哉の腕を掴み身体を支えて芽衣は答える。

「ちょっと立ちくらみがしただけ」

「立ちくらみだけじゃないだろう！」

長い付き合いで、芽衣の過去を知っている彼には、今の芽衣の心中などお見通しなのだろう。

「芽衣。どうした⁉　大丈夫か？」

ひと呼吸遅れて晃輝がそばに来て、芽衣を支える。

大きな手が優しく芽衣に触れる。

自分を見つめる心配そうな瞳に、芽衣の胸が締めつけられた。少し前に気がついていながら、見ないふりをした不安の蓋が開いて、気持ちが一気に溢れ出る。

彼のこの手の温もりを大切だと思えば思うほど、芽衣の不安は大きくなる。明日にでも失ってしまうかもしれないという恐怖に苛《さいな》まれるのだ。

「芽衣ちゃん、大丈夫か。……少し疲れたのかもしれん。今日はもう上がりなさい」

音に気がついて裏から出てきたマスターが言う。疲れているわけではないが、このまま冷静に勤務を続けられそうになかった。

まだ血の気が引いたような感覚は残ったまま。盆を拾い上げられないほどに手が震えている。動揺から抜け出せないままに、芽衣は頷く。

芽衣、晃輝そして直哉が連れ立って、店の外へ出た。

「部屋まで送る。その足で階段は心配だ。それから……話がある」

直哉がそう言って芽衣を支えたまま、階段を上ろうとする。

「直くん……ありがとう。でも」

芽衣は躊躇する。晃輝が見ている状況で直哉に部屋まで送ってもらいたくない。直哉は兄のような人で、それは晃輝に説明はしているけれど、男性であるのには変わりない。

「直哉くん、俺が芽衣を送るよ」

晃輝の言葉を直哉が鋭く遮った。

「いや、ダメだ。あんたがそばにいたら芽衣の動揺は収まらない」

晃輝が目を見開いて固まった。その内容に、芽衣の立ちくらみがただの疲れからくるものではないと気がついたようだ。困惑した様子で芽衣と直哉を見比べている彼に、芽衣の胸がズキンと鳴る。

なんと説明すればいいのだろう。

きっと彼は、さっき話に出た女性だけでなく、もっとたくさんの人の命を救ってきた。皆に感謝されるべき彼の職務。それなのにその出来事を芽衣が受け入れられないなんて。

「……どういうことだ？　芽衣」

尋ねられても芽衣は答えられなかった。自分の過去と彼の仕事、頭の中がぐちゃぐちゃで冷静に説明できる自信がまったくない。それどころか、今、口を開けば不用意な言葉を口にして彼を傷つけてしまいそうだった。

芽衣の代わりに直哉が答える。

「今は、あんたはそばにいない方がいい。芽衣がどうしてこうなったのかすら心あたりがないみたいだしな」

晃輝がなにも知らないのは、彼のせいではなく芽衣が事情を話していないから。そう直哉に言わなくてはならないのに、動揺しすぎてうまく言葉が出てこない。

「えーっと……その……」

頭がぐらぐらとして考えがまとまらない芽衣を、やや強引に直哉が引っ張った。

「芽衣、行くぞ」

「気分はどうだ？　まだぐらぐらするか？」

部屋へ戻り、ベッドに腰掛けた芽衣に、直哉が心配そうに問いかけ、キッチンから持ってきたグラスに入った水を差し出した。

「ありがとう、直くん」

グラスを受け取り、水をひと口飲むとほんの少し動悸が収まったように思える。けれど、胸の中の不吉な思いはそのままだった。さっき耳にした誇らしいはずの晃輝の過去の話を、相変わらず怖いと感じてしまっている。グラスを持つ手が震えている。両親が亡くなってすぐの頃のようだった。トラウマがフラッシュバックするというのはこういう感覚なのだろう。

ベッドの脇に立ち芽衣を見下ろして、直哉がため息をついた。

「さっき俺が正気かと聞いた意味がわかったか？　あの人は、確かにカッコいいし社会的な地位もあるんだろう。でもお前にとっては、絶対に付き合ってはいけない人だ」

『絶対に付き合ってはいけない人』という言葉が、芽衣の胸を刺した。

「そうだろう？　あの人は、いずれまた航海に出る。お前はその間あの人を待ち続けなくてはならないんだ。お前、そんな付き合いに耐えられるのかよ？」

……耐えられるつもりだった。さっきの晃輝の過去の話を聞くまでは。晃輝の仕事内容が命の危険を伴うものだという事実を、リアルに感じるまでは……。

うつむく芽衣はグラスの中の水を見つめる。どうすればいいかわからなかった。

「だいたいなんでいきなりあの人と付き合う気になったんだ？　出会って二カ月も経ってないじゃないか。ったく……だから俺はここで働くのは反対だったんだ。横浜市内のレストランだってお前に合う店はあるよ。こんな海上自衛官ばっかりの店……求人、一緒に探してやる。住むところも俺がなんとかするから」

直哉からの言葉に、芽衣はすぐに頷けない。簡単に頷けるならば、こんなに動揺していない。

沈黙する芽衣に、直哉がまた深いため息をついた。

「……とにかく、俺は絶対に反対だからな。そもそも付き合う話になってるのにあの話をできていないなんて、そんな関係で、うまくいくとは思えない。場合によっては、おばちゃんを連れてきてでも付き合いをやめさせるつもりだから」

芽衣を思っての言葉とは理解しつつも今の芽衣に彼の意見に答える余力はなかった。

「直くん、ありがとう。でもちょっと落ち着いて考えたいから……。ひとりにしてくれる？」

芽衣が言うと、彼はため息をつく。そして、しぶしぶといった様子で帰っていった。

ひとりになった芽衣は、グラスを手にしたまま考える。

両親が海へ出たまま帰らなかった時の記憶が蘇る。どんなに気をつけていてもこういう事故はあるのだと、周りの大人たちは言っていた。予期せぬ事態に巻き込まれる可能性もある、と。晃輝の仕事場は海上で、しかも有事の際は真っ先に現場に派遣されるのだ。

彼と付き合うと決めた際にそのことに思い至らなかった自分は、なんてバカなんだろう。

晃輝は、芽衣に考える時間をくれたのに。

台風の話を聞いた時に引っかかりを覚えたのに突き進んでしまったのだ。

グラスを床に置いてベッドにごろんと横になると、向かいの棚に置かれている両親の写真が目に入った。

彼の仕事は、皆が安心して暮らすために必要不可欠な重要なもの。しかも晃輝は幹部になると確実視されている人物で、そのような人材は貴重なのだろう。

なにより晃輝自身が、自分の仕事に誇りを持ち人生をかけると決めているのだ。そんな彼の側にいたいのならば、海上自衛官としての任務を理解して彼を支える必要がある。

けれどその自信は今の芽衣には持てなかった。彼に命の危機があったという過去の話を耳にしただけで、両親の事故がフラッシュバックして周りに迷惑をかけてしまったのだから。

普段は応援していると言いながら、いざという時は、彼の任務の成功より彼の身を心配してしまうだろう。他の人はどうでもいいから、無事に帰ってきてほしいと願うだろう。そんなことでは本当の意味で彼を支えているとは言えない。

きっとこんな自分より、もっと彼に相応しい人がいるはずだ。そういう人がそばにいる方が彼の将来にとっていいだろう。

——ならば直哉から言われなくても、結論はすでに出ているのだ。

彼に好きだと言われた時にキラキラと輝いて見えた世界が、灰色に染まっていくのを感じながら、芽衣はゆっくりと目を閉じる。目尻から涙が一筋流れた。

＊　＊　＊

うみかぜの店先から芽衣の部屋の扉が見える位置に移動して、晃輝は上を見上げている。彼女にとって直哉は兄のような存在だと聞かされているとはいえ、ふたりで部屋の中へ入っていったのを見て、冷静でいられるわけがなかった。

本当なら、少し強引にでも直哉を帰し自分が芽衣を部屋まで送りたかった。

けれどそれを思い止まったのは、他でもない彼女の自分を見つめる瞳が、怯えているように思えたからだ。芽衣自身が、今は晃輝が近づいてほしくないと思っているのは明らかだ。

しばらくするとドアが開き、直哉が部屋から出てくる。階段を下りてきて一旦店の中へ戻り会計を済ませ、鞄を持って出てきた。

そして、晃輝のところへやってきて正面から晃輝を睨んだ。

その視線に、晃輝は彼の方は芽衣を〝妹〟とは思っていないと確信する。

少し前に、芽衣とのメッセージのやり取りについて苦言を呈された時に感じたことはあたっていたというわけだ。でも考えてみればはじめから彼は、晃輝に対して好意的とは言えなかった。芽衣に近寄る男を本能的に警戒していたのだろう。そもそも横浜市内からこの店までは電車を使って小一時間。夕食を食べにそうしょっちゅう来る距離ではない。芽衣が働いているからこそ来るのだろうが、ただの幼馴染の関係だと考えると不自然だ。

「しばらくひとりにしてやってください」

晃輝が部屋へ行かないように、彼は釘を刺した。

「わかりました。付き添いありがとうございます。芽衣は大丈夫そうですか？」

晃輝は努めて冷静に問いかける。

聞きたいことは山ほどあるが、一番知りたいのは芽衣の様子だった。なぜ彼女があんなにも動揺したのか悔しいけれど心あたりはない。だがふたりとのやり取りを考えると、さっきまでの晃輝と後輩たちとの会話が引き金になったのは確かなのだろう。

「大丈夫だとは思います。そのうち落ち着くでしょう。……あなたが、余計なことをしなければ」

「俺が？」

「芽衣から聞いていませんか？　あいつ、船の事故で両親を亡くしてるんですよ」

そのあまりにも意外な内容に、晃輝は目を見開いた。

「確か旅行中の事故だったかな。友人の船に乗って海へ出たままそれっきり。……小学三年の時でした。それからあいつは従伯母のもとで育てられたんです。事故の後すぐは海を怖がっていました。ちょうど今みたいに……。テレビで見るのも嫌がって。成長するにつれて平気になったと本人は言っていましたし、実際そうだったんだと思います。こんなどこにいても海が見える街で働いているくらいだから」

直哉はそこで言葉を切ってため息をついた。

「でも俺と、芽衣の従伯母は心配していたんです。なにかの拍子に過去のトラウマが出るんじゃないかって。……くそ、その通りになったじゃないか！」

あまりにも衝撃的な芽衣の過去に、晃輝は絶句する。だが事情を聞いてようやく晃輝は、なぜさっき彼女が倒れそうになるまでに動揺したのかを理解した。

江口の母親の海難事故の話が原因だ。もしかしたら晃輝が命をかけて救助にあたったという話も影響しているのかもしれない。冷たい汗が背中を伝った。

直哉が晃輝を睨んだ。

「あんまりあいつをからかわないでやってもらえます？　あいつ、恋愛経験がないから……。慣れてなくて、あんたからしたらちょろい女だったとは思いますが」

「からかってなどいません。俺は真剣な気持ちで彼女と付き合うことに決めたんだ」

晃輝は強く直哉の言葉を遮った。彼女の事情を知らなかったのは確かだが、気まぐれや一時の感情で付き合おうと言ったわけではない。

「なら、なおさらタチが悪い組み合わせだ」

直哉が吐き捨てた。

「そうだろう？　真剣だからなんなんだ？　あんたは芽衣が心配して泣いていても事故が起きて派遣されれば現場に向かわなくてはならない。その間芽衣は不安な気持ちのまま取り残されるんだ。あんたでは芽衣を幸せにできない。……それともあんた、芽衣のためにその仕事を辞められるのかよ」

急所を突くような問いかけに、晃輝は言葉に詰まり沈黙する。すぐに答えを出せるような質問ではなかった。

「とにかく、芽衣には絶対に近寄るな。あんたが海上自衛官でいる限り、芽衣とあんたは幸せにはなれない」

そう言い放ち、直哉はこちらに背を向けて坂を下りていった。それを見送ってから振り返り晃輝は芽衣の部屋のドアを見上げる。そこに、青い顔でこちらを見つめる芽衣の瞳が重なった。

今すぐに部屋へ行き抱きしめたい衝動にかられるが、拳を作りどうにかそれをやり過ごす。直哉の言う通り、そんなことをすれば彼女をさらに混乱させてしまうだろう。晃輝としても事実を知ったばかりで、なんと声をかけるべきかわからない。

彼女の部屋のドアから目を逸らし、ため息をついた時、店の扉がガラガラと開いた。

「晃輝、いたのか。芽衣ちゃんはどうだった？」

「……直哉くんが部屋まで連れていってくれたよ。だけど相当疲れているみたいだ。明日も休ませてやってほしい」

平静を装ってそう言うと、父は心配そうに頷いた。

「ああ、それはもちろん。だが芽衣ちゃんは真面目だから、大丈夫と言いそうだな。ちょっと無理やりにでも休むように言った方がよさそうだ。晃輝、入れ。まだなにも食べてないだろう?」

「いや、今日はもういいよ。このまま帰る。じゃあまた」

「……ああ、気をつけて」

坂に向かって歩き出すと、ふわりと潮の香りを感じた。もう日が落ちて随分経つというのに風はまだ生暖かい。どこにいても海を感じるこの街は、晃輝にとっては慣れ親しんだ故郷であり、人生をかけると誓った誇りある仕事の拠点となる大切な場所でもある。

誇りある仕事……だがそれが芽衣にとっては過去の悲しい出来事を思い出させるきっかけになり得るのだ。

暗澹《あんたん》たる思いを抱えながら、晃輝は芽衣と気持ちを伝え合った公園を通り過ぎる。目の前に広がる横須賀の夜景から目を逸らし、芽衣との出会いを思い浮かべた。

――思い返してみれば、芽衣には出会った瞬間から特別なものを感じていた。

はじめて彼女に出会った時、うみかぜの暖簾をくぐり『おかえりなさい』と言われた時、言葉で言い表せない不思議な思いを抱いた。懐かしいような、ようやく会えたといったような不思議な感情だ。

そもそも晃輝は芽衣が来るまで、うみかぜを〝実家〟だとは思えなかった。生まれてから母が亡くなるまでは、坂の下のマンションで暮らしていたからだ。うみかぜで過ごしたのは、中高の数年間のみ。その後は防衛大学校に入学し寮生活をするため家を出た。それからは年に数回顔を見せるだけだった。

父からでさえ『おかえり』と言われてもしっくりこなかったのに、どうしてかあの時だけは自然と〝帰ってきた〟という気持ちになり、初対面の彼女に対して『ただいま』と答えていた。

だがその時は、それ以上の気持ちを抱かなかった。

それよりも、なぜ父がいきなり人を雇ったのか、その方が気になったからだ。だから次の日もカレーを食べたいと理由をつけて様子を見に行ったのだ。そして彼女が手帳を届けに来てくれた際、話を聞いてみることにした。

そこで彼女の口から語られたホテル勤務時代の出来事には、自分でも驚くほど苦々しい感情を抱き腹が立った。彼女の涙に心から同情し、つらい状況から脱却し、うみかぜに来てくれて本当によかったと感じたのだ。

おそらく父が彼女を雇ったのは、詳しい事情は知らないまでも彼女の追い詰められた状況を察したからだろう。うみかぜで働きたいと言う彼女の願いをもし父が断っていたらと思うと、恐怖を覚えるほどだ。

とはいえ、その時までは晃輝が彼女に抱いていた感情は間違いなく同情だったはず。いや父の店の従業員という立場と、込み入った事情を聞いてしまったという状況からすると、部下あるいは後輩に対する気持ちのようなものだったのかもしれない。

印象が変わったのは、過去の話を終えて涙を拭いた彼女がうみかぜの話をしはじめた時だ。大きな目を輝かせて、うみかぜは自分にとって理想の場所なのだと一生懸命話す姿に、晃輝は自分の胸の奥底にある、ある感情が動くのを感じた。

それはここ数年意識的に封印し、自分は一生抱かないと決めていた、淡い色を帯びた新鮮な想いだ。

それから数日、晃輝にしては珍しくもやもやとした気持ちを抱える日々を過ごした。うみかぜへは、長期で航海に出る日の前日と、帰ってきた時に一回ずつのみ顔を出すと決めていたにもかかわらず、芽衣に誘われて、『また行く』と答えてしまったからだ。

行きたくなかったわけではない。

むしろその逆で、もっと彼女の話を聞きたい、彼女の作るものを食べたいという想いが確かに存在するのを感じていて、そんな自分に戸惑っていたのだ。

たかだか実家に行くか行かないかでこんなにも迷うとは、普段の自分ではあり得ない。晃輝は、いついかなる時も瞬時に正しい判断を下せるように常に平静を心がけている。それが海上自衛隊の幹部には、必要不可欠だからだ。

いつまでも迷っているのは性に合わない、実家に行くのに理由なんていらないだろうと自分自身に言い聞かせてうみかぜに行ったあの夜、坂を上り切ったところで、自分が彼女に惹かれはじめていると気がついた。

直哉と芽衣が店の前で親しげに話している姿を見て、落胆を覚えたからだ。

すぐに幼馴染だと知って安堵し、店の中で晃輝の仕事の話を目を輝かせて聞く彼女を見ているうちに、それは確信に変わった。今まで自分が目にした世界中の海の色を、誰かと共有したいと思ったのははじめてだ。

それからは、うみかぜに行き食事をしながら彼女と話をするのが、日々厳しい職務に就いている晃輝にとっての癒しとなり、自分にとって彼女が特別な存在になるのにそう時間はかからなかった。

とはいえすぐに距離を縮めようとは思わなかった。

前職で彼女が経験したことを考えれば、男性自体に不信感を持っていてもおかしくはない。幼馴染や窮地《きゅうち》を救った父親ならまだしも出会ったばかりの自分が急に距離を詰めれば怖い思いをするだろう。

晃輝は、なにより芽衣の気持ちを大切にしたかった。つらい境遇から自力で脱して新しい環境で夢に向かってまい進する彼女を応援したかったのだ。今の彼女に晃輝からの気持ちは必要ない。それどころか、混乱させるだけだと自分自身に言い聞かせて。

それなのに、彼女をイベントに誘う隊員たちとのやり取りに口を挟み、その後、本心を口にしたのは、直哉とのやり取りに煽られたのだろう。彼の芽衣に対する態度は、明らかに幼馴染の距離ではないように思えた。

自分としては不本意だったが、結果的にはそれがふたりの仲を縮めた。彼女の想いを知り、晃輝は彼女と特別な関係になることを決意したのだ。

うみかぜから晃輝の住むマンションまでは、晃輝の足で二十分ほど。自宅に着くと寝室へ向かい、電気もつけず大きなベッドに腰を下ろす。カーテンを開けっぱなしにしてあった大きな窓の先は横須賀基地。晃輝の母艦ともいうべきいずもが堂々と停泊している。

あの姿を見るたびに自分がどれだけ重い責任を背負っているのかを自覚して身の引き締まる思いになる。職責を果たすためには、自分の人生のある部分を犠牲にするという覚悟を再確認する。

――そう、ほんの少し前まで晃輝はそのつもりだったのだ。

海上自衛官の勤務は変則的で長期で家を空けることが前提だ。しかも有事の際はそのスケジュールを家族に伝えられなくなる。そして航海中は連絡を取れない。その特殊な勤務体制は、隊員本人というよりは、主に家族や親しい人に負担がかかる。

それを晃輝は身をもって知っている。

母が危篤状態になったにもかかわらず海外演習に出ていた父は、すぐに帰ってこられなかったのだから。

当時、晃輝はまだ中学二年生。母の死をひとりで受け止めなくてはならなかった時期の記憶は、つらい思い出として心に刻み込まれている。

父を恨んだわけではない。仕方がないと知っていた。

それでもどうしてもそばにいてほしかった。

父への複雑な思いがありながらも、母との約束と自衛隊への憧れを捨てられず、防衛大学校に入学した時に決意したのだ。自分は家族を持たないと。上を目指せば目指すほど、自分の中でプライベートは二の次になる。

『お父さんを恨まないでね』と言った母。

それをひとりで受け止めなくてはならなかった自分。

そんな悲しい思いを誰かにさせるくらいなら自分は一生ひとりでいる。

学生時代は、それなりに女性との付き合いはあったが、いつもスケジュールを合わせられず、あまり心を通い合わせられないうちに別れることが多かった。

二十代後半になってからは、そういう誘いは意識して避けるようしている。年齢的に結婚の話になるからだ。上官からの見合い話も断るようにしている。

そんな自分が、芽衣に出会ってからはその決意を忘れたかのように、芽衣との関係を深めたのだ。今から考えると軽率だったのかもしれない。決して後悔しているというわけではないが……。

いずもから目を逸らし、ベッドに倒れ込んで晃輝はふーっと長い息を吐く。

固く決意していたはずの決まりを簡単に違《たが》えてしまっていた自分自身に呆れるが、そのくらい芽衣は自分にとって特別な存在なのだ。それを今改めて思い知る。

これまでも女性に対して恋愛感情を抱いたことはあったけれど、ここまで冷静さを失わなかった。いつも自分の人生を見据えて相手との距離を間違えないようにしていた。そう考えると、今までの相手に恋愛感情を抱いていたのかどうかもよくわからなくなるぐらいだった。

常に自分のいる立場を考えて場合によっては深入りする前に身を引くこともあった

というのに、彼女に関してはまったくその自制が利かなかったのだから……。

ため息をついて目を閉じると、ポケットの携帯が震える。画面を確認すると芽衣からのメッセージが届いていた。

連絡先を交換して以来、彼女の方からメッセージを送ってくるのははじめてだ。

《申し訳ありません、お付き合いする話ですが、やっぱりなかったことにしてください。晃輝さんが悪いのではありません。すべて私の問題です。私の覚悟が足りなかったのです。本当にごめんなさい》

目を細めて、晃輝はそのメッセージを睨む。

さっき直哉から芽衣の過去の話を聞いた時から、こうなるかもしれないと予感した通りの展開だ。

すべてを自分のせいにして終わらせようとする芽衣に胸が痛む。

〝私の問題〟と書かれているが、それは間違いだ。彼女の苦しみは彼女のせいではなく、海上自衛官という晃輝の立場から来るものなのだ。

芽衣がそれを告げずに自分のせいにして終わらせようとするのは、晃輝にとって海上自衛官という仕事がどれだけ大切なのかを知ったからだろう。こうなってみると、付き合う前にイベントに誘ったことが悔やまれた。知らなかったとはいえ晃輝と仕事が切り離せないものだと認識させてしまったのだ。

思わず晃輝はメッセージアプリの通話ボタンを押したい衝動に駆られる。ひとりで罪悪感に苦しむ彼女を少しでも楽にしてやりたい。

――けれどいったいなにをどう言えば彼女の心が救われるかがわからずに、思い留まった。自分の心が定まらないうちに、不用意なことを言えばただ彼女を混乱させるだけ。

彼女のためを思うなら、このままこの言葉を受け入れるべきなのだろう。

直哉の言う通り、晃輝との付き合いは彼女にとって負担がかかる。ならばまだ付き合いが浅いうちに、離れる方がお互いのためにはいい。

けれどそれはしたくないと、晃輝の心が拒否した。

しばらく考えて返信のメッセージを打つ。

《ご両親の話は、直哉くんから聞いたよ。芽衣は謝らなくていい。むしろ俺の方の配慮が足りなかった。芽衣の気持ちはわかった。君がそう言うのは当然だ。ただ俺は、まだ結論は出したくない。しばらく考えさせてほしい》

送信ボタンを押してそのままベッドにぽすんと携帯を置く。

目を閉じると、怯えたような目をした彼女と、料理の話をする時の弾ける笑顔の彼女が交互に浮かんでは消えた。

芽衣にとって一番いい選択と、彼女を求める自分の中の強い想いが交差して、その夜は、答えを見つけられなかった。

＊＊＊

ガタガタガタと海側に面している窓枠が揺れる音がして、芽衣はビクッと肩を振るわせ、テーブルを拭いていた手を止めた。窓の外は真っ暗だ。雨は降っていないけれど、とにかく風が強かった。

時刻は午後七時、本当なら今の時間のうみかぜは、お客さんで賑わっている時間だ。でも今夜はがらんとしている。

今年はじめての大型の台風が本州に接近中なのである。関東を明日の午後通過するという予報だが、すでに風が強かった。

横須賀基地の艦艇はすでにすべて出港しているのだろう。ここへ食べに来る隊員は極端に少なく、今は直哉がカウンター席にいるだけだ。

「今日はもう誰も来ないだろう。芽衣ちゃん今夜は早めに閉めようか」

カウンター越しにマスターが言う。

「はい」

芽衣は答えて再び机を拭いていく。

横須賀基地の向こうの海は真っ暗で見えないが、この風では相当荒れているだろう。その海へ晃輝が乗ったいずもが出港していったというのがどうしても芽衣には受け入れがたい。

いずもは台風くらいでは沈まない。

元海上自衛官だったマスターが平然としているところを見ると、晃輝の話は本当なのだろう。

けれど……。

三日前、クイーンマリア号の座礁事故の話を聞いた夜に、芽衣は晃輝に別れを告げた。メッセージで伝えるなんて不誠実だと思ったが、会って直接言う勇気がなかったのだ。どう話をしても、彼の仕事を悪い意味で持ち出すことになりそうだからだ。

それに対する彼からの返事は保留。

けれど芽衣は結論を変えるつもりはなかった。

もうひとつ芽衣を苦しめているのは、この店は晃輝の実家だということだ。彼の気持ちに応えられないならば、ここを去らなくてはならないだろう。愛する人と一緒にいられず、大好きな職も失い、これから先の人生が真っ暗に感じるくらいだった。

「ごちそうさん、帰るわ」

カウンター席に座っていた直哉が立ち上がる。

物思いに耽っていた芽衣はハッとして振り返った。

レジへ行き会計をする。見送るために店の外へ出た。

いつもなら、二週間は間隔が空くのに、今日顔を出したのは芽衣を心配してくれたからだろう。

「直くん、来てくれてありがとう。気をつけて帰ってね。電車、今夜は止まらないと思うけど」

芽衣の言葉に答えず、直哉はじっとこちらを見ている。普段とは少し違う怖いくらいの視線に芽衣は首を傾げた。

「直くん？」

「──られねえよ」

「え？」

「そんなお前、見てられねえよ」

突然、乱暴な言い方をした直哉に、芽衣はさらに混乱して瞬きを繰り返す。彼の言葉の意図するところがよくわからなかった。

いったいどうしたのかと問いかけようとしたその時、突然腕を引かれる。気がついた時には強く抱きしめられていた。

「俺なら、お前にそんな顔はさせない！　いつもどんな時もそばにいて、お前を安心させてやれる。幸せにしてやれるのに……！」

芽衣の髪に顔を埋《うず》めて直哉が押し殺した声を出す。

その内容に、芽衣は目を見開いた。

『幸せにしてやれる』

それはつまり今までのような幼馴染としての関係ではなく……。

「どうしてあいつなんだ。この間知り合ったばかりでなにも知らないじゃないか。俺は……俺の方がずっと昔から芽衣を見ていたんだ。お前の夢が叶うまでは、料理人として一人前になるまでは、見守っていようと思ってた。俺の方があいつより長い間、芽衣を大切に思ってきたのに‼」

苦しげに直哉は想いを吐き出していく。思ってもみなかったその内容に、芽衣は言葉を失う。

記憶にある限り、彼は芽衣にそのような素振りを見せたことはなかった。いつもどんな時も、彼は芽衣にとって頼れる兄のような存在であり、安心できる場所だった。

その存在に、何度救われたかわからない。

その彼の血を吐くような告白が芽衣の胸を刺した。そしてその痛みが罪悪感となって広がっていく。

彼の想いを受け入れて彼と一緒に生きていけば、きっと平穏な人生が待っている。

彼は芽衣のトラウマを理解してくれているし、芽衣の夢も応援してくれているのだから。

――けれど。

自分の中のどこをどう探しても、彼を男性として愛する気持ちは見つからない。それを心底申し訳なく思いながら芽衣はそっと直哉の胸を両手で押す。芽衣を包んでいた彼の腕はすぐに緩んだ。

「直くん……ごめんなさい。私、直くんをそんな風に思ったことなくて……直くんは私にとって大切な人だけど。でも……」

自分の中の気持ちをうまく伝えられないのがもどかしくてつらかった。

本当ならこんな時、もっときっぱりと拒否した方がいいと芽衣は経験で知っている。

曖昧《あいまい》な言い方はかえって相手を苦しめるから。

でもこれまでの彼との思い出が頭の中を駆け巡り強い言葉が出てこない。

彼は芽衣にとって大切な人。

ただ男性として愛せないだけなのだ。

それが申し訳なくて苦しかった。

「ごめんなさい……」

それしか言えなかった。

直哉が芽衣から身を離して、頭をぐしゃぐしゃとした。

「謝るな。芽衣が俺をそう思っているのは知ってたし。……俺の方こそ……ごめん。お前にはいつも笑っていてほしいのに、俺が混乱させてどうするんだって話だよな。……ちょっと頭冷やすわ」

そう言って芽衣の方に背を向けて坂を下りていった。

強い風が吹き抜けて、うみかぜの暖簾を揺らしてバタバタと音を立てている。

芽衣は両手で顔を覆い、堪えきれずに嗚咽を漏らす。

海から吹く強い風がゴォォォという音を立てていた。

＊＊＊

午前二時、大きく揺れるいずもの艦内の長い廊下を、晃輝は真っ直ぐに歩いている。現在停泊しているのは横須賀港沖のある場所で、海は大型の台風の接近により大しけだ。とはいえ、いずもにとっては特に異常な事態でもない。日本の海上自衛隊が誇る護衛艦にとってこのくらいの台風はどうということはない。

航海中、乗務員は三交代制で勤務する。晃輝は今休憩に入ったところだった。自分のベッドに戻る途中、食堂へ立ち寄る。

部下たちの様子を確認しようと思ったのだ。まだ入隊して日の浅い隊員の中にはこの大きな揺れに耐えられず体調を崩す者もいる。

案の定、ひとりの隊員が青い顔で食事を取っているのが目に入った。晃輝は歩み寄り彼の肩に手を置く。

「あまり無理するなよ。ものを食べられないくらいなら、医務室へ行け」

すると彼は振り返り、情けない顔になった。

「衣笠一尉。……ですが、このくらいで」

「そのうち慣れる。無理するな」

彼の肩をポンポンと叩き晃輝が食堂を出ると、上官が立っている。

「お疲れさまです」

廊下にて晃輝が挨拶をすると、彼は頷きふっと笑った。

「相変わらず、面倒見がいいな」

「たまたま通りかかったら顔色がよくないので気になっただけですよ」

「そうか。だがお前のそういうところは部下たちから慕われている所以だろう」

話をしながら廊下を進む。

「他の方が、彼らを厳しく育ててくださっているからです。優しいだけでは優秀な隊員は育ちませんから」

「言うようになったな、晃輝。衣笠さんも喜んでいるだろう」

彼も非番なのだろう。晃輝のプライベートでの呼び方を口にした。

今彼が口にした『衣笠さん』とは父親を指す。彼は、父の現役時代の部下で親しく付き合っていた。晃輝を幼い頃から知っていて、母が亡くなった際の出来事を近くで見ていた人物なのだ。

「どうでしょうか。父からすればまだまだでしょう」

「衣笠家は海上自衛官一家だからな。そういう意味では上層部のお前に対する期待も大きい。プレッシャーもあるだろうによくやってるよ」

「ありがとうございます」

上官用の個室の前まで来てふたりは足を止めた。

「しかしお前が、こんな年になるなんてな。俺も年をとるはずだ」

上官が目を細めて懐かしそうにそう言った。父が彼を家に連れてきていた頃はよく遊んでもらった。晃輝にとっては年の離れた兄のような存在だ。

「お嬢さんも大きくなられたでしょう。おいくつになられました？」

ふと思い出して晃輝は尋ねる。彼にはひとり娘がいる。確か幼稚園の頃に会ったきりだが……。

「もう高校生だ。小さい頃は俺が仕事に行くたびに泣いて泣いて仕方がなかったのに、今じゃなんにも言わないよ」

情けなそうに上官は言った。

『泣いて泣いて』という言葉に、自分の時もそうだったと晃輝は小さい頃を懐かしく思い出す。

小学校低学年の頃までは父が出港した日の夜は泣いて眠りについたのだ。成長するにつれてそのようなことがなくなったのは、晃輝の場合慣れたのに加えて、父親の仕事が重要なものだと理解するようになったからだろう。

「今回なんか見送りにも出てこなかったよ……」

「まぁ、今回の航海が短いのは娘さんもわかっているからでしょう」

やや大袈裟に肩を落とす上官に、彼がひとり娘を溺愛しているのを思い出し、晃輝は苦笑しながら答えた。

「どうかな、うちのやつなんて、あまり長い期間家にいると、今度の航海はいつになるのかと何度も聞いてくるよ。……定年後が恐ろしいな」

上官はからからと笑って、晃輝の肩を叩いた。

「お前もそろそろいい年だ。俺が制服でいられるうちに、結婚式に出席させてくれ」

「それは……ご期待に添えるかどうか微妙ですね」

気まずい気持ちで答えると、上官が声を落とした。

「衣笠さんは、お前は一生家族を持たないんじゃないかと心配していたな。お前なら相手に困ることはないだろうに。……やっぱりお母さまが亡くなった時のことが気にかかるか？」

彼は母が亡くなった後の晃輝と父の関係を知っている。

この年まで独身だというのが、晃輝自身の意思でもあると気がついているのだろう。

「そうですね。関係ないと言えば嘘になります。あの時は帰ってこない父を恨みましたから。自分が結婚すれば相手に同じ思いをさせるかもしれないと思うと、気が進まなかったのは事実です」

率直な思いを答えると、上官が意外そうに眉を上げる。

水を向けておきながら晃輝が真っ向から答えるとは思っていなかったようだ。実際、彼との間でこの話題がのぼるのはもう何度目かになる。そのたびに晃輝は〝そんなことはない、ただ相手がいないだけ〟と言って誤魔化していた。

「一年の半分を海の上で過ごす仕事に就いている自分が家族を望むことは、身勝手だと思うくらいです」

幼い頃から知っていて、防衛大を受験すると決めた時は、父の代わりに相談に乗ってもらった相手というもあり、晃輝は少し迷いを口にする。

上官が、おっという顔になった。ここまで踏み込んだことを言うくらいなのだ。結婚を考える相手がいるのでは？と気がついたのかもしれない。

「身勝手か」

「他の方がそうだと言っているわけではありません。私自身の気持ちの問題です」

「わかってるよ。……だが、だからこそ家族の存在は励みになる。そういうもんじゃないか？　大切な家族の平穏な生活を守るためだと思うと、日々の職務により一層身が入る」

それについては納得だ。家庭を持っていない晃輝でも陸にいて、一般の人の生活を目にすると、この暮らしを守るために、自分たちは存在するのだという思いを新たにする。

でもそれはあくまでも晃輝の側の話だ。

「私たちはそうですが、家族にとってはどうでしょう？　自分だけならば、どんなに厳しい状況も耐え得る自信がありますが」

「お前は、お母さまが亡くなった時の衣笠さんを許せていないのか？」

「父とは和解しました。もうずっと前から恨んではいなかったですし」

そのまま黙り込むと、上官はため息をついた。

「まあお前が慎重になるのは理解できる。だが、晃輝、俺はお前こそ家族を持てばうまくやれると思っている。俺には陸で待つ家族の気持ちは本当のところまでは理解できん。経験がないからな。時々無神経なことを言って妻を怒らせてしまう。この前も家を出る時に『じゃあ帰る』と妻に声をかけて嫌な顔をされてしまった」

そう言って上官は頭をかいた。

海上自衛官は、所属している艦艇が自分の帰る場所だという認識でいる。だから家を出る時にこう言ってしまうことがあるのだ。実際航海の際は生活空間になるのだから、無理もない話なのだ。

「だが、お前は知っているじゃないか。陸で待つ家族の気持ちを。そんなお前なら、きっといい家庭が築けるよ」

そう言って彼は晃輝の肩をポンポンと叩く。

「まぁこれは年長者からのおせっかいくらいに聞いてくれたらいい。お前の人生だ。仕事にすべてを捧げるというのも悪くはないしな。お疲れさん」

部屋の中へ入っていく上官を晃輝は敬礼して見送った。

目から鱗《うろこ》が落ちたような気分だった。

晃輝は今まで、海上自衛官の家族としてつらい経験があるからこそ家族を持つことに否定的だった。だが、逆の考え方ができると気づかされたからだ。陸で待つ家族の気持ちを知っている自分だからこそ、家族の気持ちを思いやれる。

芽衣の気持ちを受け止め彼女の心の傷を取り除ければ、彼女を失わずに済むのだろうか……。

晃輝は回れ右をして廊下を進む。

「衣笠一尉、お疲れさまです」

「お疲れさまです」

廊下ですれ違う隊員たちの挨拶に答えながら、自分のベッドを目指した。

少し前までの晃輝も、ここいずもが自分の帰る場所だと思っていた。基地近くのマンションはあくまで陸にいる期間過ごすための場所という認識だった。

実家であるうみかぜは、もっと遠い存在だった。年に数回訪れるだけだからだ。

――でも今は、うみかぜが自分の帰る場所だと強く思う。それは紛れもなく芽衣がいるからだ。

ずっと距離があった父との関係を修復できたのは芽衣のおかげだ。晃輝の中の父へのわだかまりは、とうの昔になくなっていたけれど、うまく向き合うことができていなかった。

でも芽衣があの店に来てくれて、うみかぜに通っているうちに自然と父と話をしなくてはという気持ちになったのだ。

今すぐに会いたいと切実に思う。自分が帰る場所は、どこであろうと彼女が存在する場所だ。そうありたいと強く願う自分がいる。

もう彼女のいない頃の自分には戻れない。

――ならば。

なんとしても彼女と生きていく。

自分にはその道しかないと思うくらいだった。

そのためには、彼女の過去も苦しみも、受け止める必要があるのだろう。自分と生きる人生が彼女にとってつらいものであってはならないのだから。

彼女がつらいと思うすべてのことから、晃輝自身が彼女を守り抜く必要がある。

――その先に、彼女との未来があるのなら。

拳を握りしめて足早に廊下を進みながら、晃輝は決意を固めていた。

第四章　それでも君を愛してる

台風が過ぎ去った後の日曜日は、前日の大雨と暴風が嘘のように晴れ渡っている。再び戻ったきつい日差しの中、芽衣は坂を下りている。休日の買い出しに行くためだ。

途中、晃輝と気持ちを伝え合ったあの公園の横を通りかかる。小さな男の子と母親がブランコで遊んでいた。

「ママ、お船、いるよ」

海の方向を指差して男の子が声をあげる。

「本当だねー。おっきいねー」

つられて芽衣は視線を移す。

横須賀基地にいずもが停泊している。無事に帰ってきたのだ。

一昨日、関東を通過した台風は強い暴風雨を伴うものだったが、晃輝の言う通りそれくらいでは海上自衛隊の艦艇はびくともしないのだろう。

頭ではわかっていても心は別だった。

芽衣は暗澹たる思いになる。彼に別れを告げたとて、心配で胸が潰れるような気持ちはなにひとつ変わらなかった。台風はひと夏の間に何回も来るのに、自分はいったいどうすればいいのだろう。

その時、カバンの中の携帯が震えてメッセージが届いたことを知らせる。恐る恐る画面を確認すると、晃輝からだった。

《今から会えないか？　何時になってもいいから、直接会って俺の話を聞いてほしい》

前回の彼からのメッセージでは考えさせてほしいと書いてあった。つまり、彼の中で芽衣との関係に結論が出たのだろうか。

――聞くのが怖いと芽衣は思う。

芽衣の方はなんと言われようと彼とは付き合えないという結論が出ている。

それでも、それを彼の口から聞きたくはなかった。

とはいえ、メッセージだけで終わりにはできない。覚悟を決めて、芽衣は画面をタップした。


「坂を下りてきてたってことは、どこかへ行く途中だったのか？」

晃輝のマンションのリビングにて、目の前のテーブルにコーヒーを置いた晃輝が芽衣に問いかける。

「スーパーに行こうと思ってて」

晃輝からのメッセージに芽衣が返信した後、ふたりは晃輝のマンションで会うことになったのである。ちょうど芽衣が坂を下りてきていたからだ。外のカフェでは人目につくし、込み入った話はできない。

どういう内容になるかわからない中、ずっと冷静でいられる自信がなかった芽衣にとってはその方がありがたかった。

晃輝が、コーナーソファの斜向かいに腰を下ろす。

芽衣は膝に置いた手に視線を落とし声を絞り出した。

「両親のこと、黙っていてごめんなさい」

改めて考えると、先に言っておくべきだったと思う。彼の方は事前に自分の仕事内容をしっかりと伝えてくれた。その上で付き合うかどうかを決めさせてくれたのに、芽衣の方は大切な話を黙っていたのだ。意図的ではなかったとはいえ、彼にしてみれば騙《だま》されたと思っても仕方がない。

「謝る必要はない。簡単に口にできる話ではないだろう？　俺の方こそ知らなかったとはいえ、イベントに呼んだりして悪かった」

晃輝が眉を寄せ、苦しげに言った。

「晃輝さんのせいではありません。参加すると決めたのは私です」

「だが……つらかったんじゃないか？　海に近い場所というだけでなく、あの日は艦艇が停泊していたし」

心配そうに彼は言うが、本当にあの日は大丈夫だった。

彼の仕事を知るのが楽しくて、制服姿の彼に胸をときめかせたのだ。

「本当に大丈夫でした。あの日は、晃輝さんのお仕事を知るのが楽しくて、すごいお仕事をされているって知って……晃輝さんの姿が……」

言いながら芽衣の視界がじわりと滲《にじ》む。

――本当に、なんてバカなんだろう。

トラウマを抱えているくせに、自分からそのトラウマに近寄るようなことをするなんて。でもそうせずにいられないほど、彼に強く惹かれたのだ。

それほど大好きな人と心を通わせられたのに、それ以上の未来を描けないのがつらかった。

こんな終わりを迎えるならば、彼の気持ちを知らずにただの憧れで終わらせたかったと思うくらいだ。

膝の上で握りしめた手に、ぽたりぽたりと雫が落ちる。ふたりの関係を終わらせようと言ったのは芽衣だ。泣く資格なんかないと思うのにどうしても止められなかった。

「ごめんなさい……私……」

晃輝が立ち上がり、芽衣のところへやってくる。床に膝をついて芽衣の両腕を包むように優しく掴んだ。

「芽衣は悪くない。むしろ俺が仕事の内容を説明する時に、帰りを待つ家族の気持ちについても説明するべきだった。任務によっては危険を伴うことも……だが、そうすれば……」

芽衣はその時点で思いとどまり、ふたりが心を通い合わせなかった。どちらにしても、ふたりに未来はなかったということだ。それを改めて実感して、芽衣の胸は悲しみでいっぱいになった。

こんなに彼を好きなのに。

こんな気持ちを抱いたのは、人生ではじめてだったのに。

彼を想えば想うほど、彼を失うかもしれないという不安が押し寄せて、一緒にはいられなくなる。

「っ……！」

涙は後から後から流れ出る。やっぱりメッセージで終わらせるべきだった。

それで彼が芽衣を軽蔑《けいべつ》するのならその方がいいじゃないか。

声を殺して泣き続ける芽衣の濡れた頬を大きな手が包み込んだ。

低くて温かな声音が芽衣を呼ぶ。

「芽衣、メッセージに書かれていた芽衣の気持ちは変わらない？」

付き合うのはなしにしてほしいというメッセージだ。その問いかけに、芽衣は泣きながら頷いた。そして自分の思いを口にする。

「晃輝さんには私なんかよりもっと相応しい人がいると思います」

晃輝が眉を寄せた。

「晃輝さんのお仕事は大切な役割なのに……。私も理解しているつもりですが、両親のことがある私は、いざとなったら晃輝さんだけを心配してしまいます。それでは本心から晃輝さんの仕事を応援しているとは言えません。そんな私よりも、もっと晃輝さんのお仕事を理解して支えられる人の方が、晃輝さんに相応しいと思います……」

晃輝が一瞬顔を歪めた後、きっぱりと首を横に振る。

「そんな風に考える必要はない。確かに海自の任務は特殊だ。それに臨む隊員の心構えは一般の考え方とは違うけれど、それを家族も一緒に背負わなくてはならないわけではない。それに、俺は芽衣でなければ結婚自体したいとは思わないから、芽衣より相応しい人なんてこの世に存在しない」

「晃輝さん。でも……」

晃輝が燃えるような眼差しで芽衣を見た。

「芽衣、愛してるよ。俺のこの気持ちは一生変わらない。なにがあっても」

言い切る晃輝に芽衣は目を見開いた。

「君のメッセージを見てから今日までの数日で改めて思い知ったよ。俺は、これから先もずっと芽衣と一緒に生きていきたい。あの日、あの公園で付き合ってほしいと言ったけど、本当は結婚を前提に付き合ってほしいと言いたかったくらいなんだ」

その言葉に驚きながら、どこかで芽衣は納得する。誠実で実直な彼ならば、付き合う時にそこまで考えていてもおかしくはない。

「どれだけ時間がかかっても、一生かかってもいいから、俺はふたりで生きていける道を探す」

「一生ってそんな……。そういうわけにはいきません。だって晃輝さんは幹部を目指してこれから厳しい試験と訓練に何度も挑まれるんでしょう？　それなのにこんな私が側にいたら晃輝さんの足を引っ張ると思います」

「足を引っ張るなんてことはない。芽衣の存在は俺の力になる」

晃輝が言い切った。

「俺には芽衣が必要だ。大袈裟だと思われるかもしれないが、俺は君とともに人生を歩むために生まれてきたと感じるくらいだ。まだ俺にもどうすればいいかわかっているわけではないが、それでも俺は諦めない」

晃輝が強い決意を口にした。

「愛してるんだ、芽衣。君の過去を知ってから、君のためになるならば別れるべきなのかもしれないとも思った。今も君はそうしてほしいと言う」

親指が芽衣の涙を拭った。

「だけどそれはできない。君に出会って俺の世界は変わったんだ。もう芽衣なしの人生は、俺には考えられない」

芽衣だって同じ気持ちだ。彼に出会い、人を愛する気持ちを知った。彼がいない世界で生きていくという未来に絶望を感じている。

「芽衣、俺が必ず見つけ出すよ。君と生きられる方法を。俺たちはまだ出会ったばかりじゃないか。お互いをもっと知れば、絶対に見つかるはずだ」

強い決意を口にして、彼は芽衣の両肩を掴み力を込めた。その強い眼差しに、芽衣の心が少し揺れる。

そんな道はないと頭ではわかっているのに、彼とならば見つけられるかもしれないという希望のような光を見る。たとえ見つからなかったとしても、はじめから諦めて真っ暗な道をひとりで歩くよりはいいのではないだろうか。

お互いを知ったその先に、なにがあるのか、まったく予想もつかないけれど……。

さっき彼が口にしたともに人生を歩むために生まれてきたという言葉を、芽衣は大袈裟だとは思わなかった。

まだ出会ったばかりでお互いをよく知らない。それなのに、こんなに強く惹かれるのは、彼なしの人生はあり得ないと感じるのは、運命なのだと思うくらいだった。ならば……。

——でもその先に、これだけは嫌だという道をひとつ見つけて、ためらいながら口を開く。

「晃輝さん」

晃輝が首をわずかに傾けた。

「私も晃輝さんを愛しています。晃輝さんと生きていきたい。どうすればいいか……わからないけど」

「大丈夫。芽衣の心を一番大切にできる方法を見つけよう」

力強く彼が答える。その彼を涙に濡れる目で見つめて胸の内にある考えを口にする。

「でもひとつだけ、これだけはダメって思う道があるんです」

晃輝が頷き言葉の続きを促した。芽衣は一旦深呼吸をして、再び口を開いた。

「晃輝さんがお仕事を辞めるというのは、選択肢に入れないでください。私のせいで晃輝さんに、目標としてきたことを諦めてほしくないんです」

その瞬間、晃輝が目を見開いた。その瞳がわずかに揺れるのに気がついて、やはり言っておいてよかったと芽衣は思った。

優しくて強い彼がここまでの決意を口にするのだ。自らの志を犠牲にするという選択も視野に入れていて当然だ。

「私、晃輝さんが海上自衛隊の皆さんにどれだけ慕われているかを知っています。きっと晃輝さんは、皆さんにとってなくてはならない人なんだと思います。だから……」

胸にある確かな思いを口にするうちに、頬を新たな涙が伝った。

支離滅裂《しりめつれつ》なことを言っているのはわかっているのだけれど。

「私……！」

「わかった」

声とともに引き寄せられ力強く抱きしめられる。

「俺は海自を辞めない。入隊した時の目標に向かって進む。その上で、芽衣のことも諦めない」

耳元で誓う晃輝に芽衣は心から安堵する。狂おしいほどに力が込められていた腕が少し緩み、晃輝が芽衣の額に自分の額をくっつけた。

「必ずふたりで生きていける道を見つけるから」

自分を見つめる強い眼差しに、芽衣の胸は熱くなり、まるで励まされているような心地がした。どうすればいいか、まったくわからないけれど彼とならら見つけられるような気になるから不思議だ。

「私も……頑張ります」

晃輝が目を見開いた。さっきまで別れたいと言っていた芽衣の口から出た言葉にしては意外だったのだろう。芽衣自身も少し驚いている。無意識に出た言葉だったけれど、そうしたいと強く思った。

「わ、私のことですから……。晃輝さんだけが頑張るんじゃなくて、私も……その」

「ありがとう。そうだな、一緒に見つけよう」

晃輝の大きな手が芽衣の頭を優しくポンポンと触れる。

「今度の日曜日だけど、もし芽衣に予定がないならふたりでどこかへ出かけないか。俺たちがお互いを知るための第一歩として。芽衣の不安を取り除くために、俺は君にとってなんでも話せる安心できる存在になりたい。どんな気持ちもすべて話せるような存在に」

お互いを知るならば、なるべく一緒にいる方がいいということだろう。

「まあつまりはデートの誘いなんだけど」

その笑顔に芽衣の胸がとくんと跳ねる。

「用事があるなら……」

「だ、大丈夫です！」

慌てて芽衣は首を横に振った。

「じゃあ、決まりだな」

晃輝が嬉しそうににっこり笑う。

彼と一緒に一日を過ごす。その様子を思い浮かべるだけで芽衣の胸が弾んだ。

朝の日差しが差し込む芽衣の部屋にある鏡の前で、芽衣はいつもより入念にメイクを施した自分の顔をチェックしている。迷った末に、髪はいつもより高い位置で結び、お気に入りのシュシュを着ける。服装は、水色のTシャツに、紺色のワイドパンツだ。

晃輝のマンションで、ふたりのこれからについて話し合ったのが一週間前のこと。

それからの一週間を、芽衣はソワソワした気持ちで過ごした。

「変じゃないかな……？」

鏡の中の自分に問いかける。

仕事中よりも少し綺麗めなスタイルではあるのだが、派手すぎではないはず。

ポニーテールの位置は高すぎ？

浮かれているみたいに見えるかな？

やっぱり仕事中と同じ高さの方がいいかも……。

その時、玄関の呼び鈴が鳴る。時刻は午前九時。

晃輝が迎えに来たのだ。

うみかぜの前に停まっている黒い車に芽衣は少しドキドキしながら乗り込んだ。車で迎えに行くと言われてはいたけれど、いつもとは違うシチュエーションに少し緊張してしまう。運転席に座る彼の姿を直視できない。

運転席でハンドルに手を置いて晃輝がにっこりと笑う。芽衣とは反対に彼の方はいつもよりリラックスしているように思えた。

「行きたいところあった？」

問いかけられて、芽衣は眉を下げた。

「考えてみたけど決められなかったんです……。す、すみません」

今日は車で横浜方面に行く予定になっている。彼が芽衣を連れていきたいレストランがあると言うのだ。

午後は芽衣に行きたいところがありそうなら行こうと言われたのだが、決められなかった。そもそも一日中彼と一緒に過ごすのだと想像するだけで心がふわふわとして、場所なんてどこでもいいように思えた。

晃輝がにっこりと笑って、自分の携帯を取り出した。

「じゃあ午後の行き先は一緒に決めようか。……ゆっくりできる方がいい？　それともアクティブに動きたい？」

彼はインターネットの検索画面を開き、《横浜　おでかけ》と打った。

芽衣も画面を覗き込む。画面をスクロールするたびに次々に出てくるおでかけスポットに、胸が弾む。

昨日の夜、自分ひとりで検索していた時はどこに行きたいか今ひとつわからなかったのに、今こうして彼と一緒に見ていると、どこも魅力的に思えた。

「芽衣は横浜辺りで、どこかに行ったことがある？」

「どこにも。都内にいた時は遊ぶ暇がなかったし、ここへ来てからほぼ、うみかぜとスーパーの往復だけです」

「じゃあ、全部はじめてなのか。それはある意味ありがたいな」

そう言いながら晃輝が画面をスクロールする。

公園、テーマパーク、プール……。

その中のたまたま目についた写真に芽衣は「あ」と声を出した。魚介類の料理の写真だった。

レストランかと思ったが、どうやらそうではなく、水族館のようだった。水槽の中の魚に芽衣は目を輝かせた。

「わ、鰯《いわし》。水族館にこんなにたくさんいるんだ！　これ本当に水槽？」

「大群で泳ぐ様子を再現しているって書いてあるな」

彼の言う通り大きな水槽の中で、たくさんの鰯が勢いよく泳いでいる。その様子に、芽衣の胸は弾んだ。

「ピカピカして綺麗……。新鮮で美味しそう。タコもいる。あ、マンボウも！　マンボウって食べられるんですよ」

「聞いたことはあるな。うまいの？」

「美味しいですよ。でも私も一度しか……偶然網に引っかかった時にだけ食べられるご馳走《ちそう》ですから。でもここに行けばいつでも……」

言いながらなにげなく彼を見ると、なぜか彼は笑いを堪えている。

芽衣が首を傾げると、向こうを向いてくっくっと肩を揺らして笑い出した。

「芽衣、ここは水族館だから。このマンボウは食べられないよ。魚市場じゃないんだから……！」

その言葉に、芽衣はようやく自分がズレたことを言ってしまったと気がついた。展示物である魚を調理する前提で見てしまっている。

「そうでした……つい」

恥ずかしくて頬を染める。初デートでどこへ行くか相談をしているのに、こんな時まで料理の話をするのかと呆れられてしまってもおかしくはない。

そんなことを思う芽衣の頭に、晃輝の手が乗った。

「もう、君は……！　どうしてこんなに可愛いんだ」

優しく髪を撫でる大きな手の感触と、自分を見つめるこれ以上ないくらいの優しい眼差し、そして『可愛い』という言葉に、芽衣の胸が飛び跳ねた。

頬が熱くなっていく。

「す、水族館の魚を食べようと思うなんて、可愛くないと思います……」

「いや、芽衣らしくて可愛いよ。俺、そんな君を好きになったんだ。手帳を届けに来てくれたことがあっただろう？　あの時、楽しそうにうみかぜの話をする君を可愛いと思った」

「え……？　あの時から？」

「ああ。たぶんあの時から俺は芽衣を好きになりはじめたんだな。うみかぜに誘われて行くと答えたんだから」

綺麗な目を細めて自分の気持ちを率直に口にする晃輝に、芽衣のドキドキは止まらなくなっていく。思い返してみれば、芽衣の方も、あの時はじめて彼を素敵だなと感じたのだ。芽衣の中では楽しかった特別な出来事が、彼にとっても同じだったのが、嬉しかった。

一方で、少し困ったなとも思った。

今日の彼は、やっぱり今までとは少し違う。

飾らなくて、率直で。

おそらく、海上自衛官ではない完全に素顔の彼なのだろう。

そんな彼も素敵だと思う。芽衣に見せてくれるのはとても嬉しいけれど、さっきから芽衣の胸は飛び跳ねっぱなしである。この調子ではとても心臓がもちそうにない。

まだ一日ははじまったばかりだというのに……。

「じゃあ午後は水族館に決まりだ」

詳細や現地までのルートを確認する晃輝の横顔を見つめながら、芽衣はそんなことを考えていた。


晃輝が連れてきてくれたレストランは、緑豊かな庭に囲まれていた。フランスの田舎にある邸宅のような建物は内装も凝っていて、まるで本当にフランスの豪邸に招待されたような気分になる。ふたりは景色のいい個室に案内される。晃輝がランチを予約してくれているという。

テーブルについて、飲み物を決めるとスタッフが一旦下がる。ふたりきりになったタイミングを見て、芽衣は部屋を見回した。

「素敵……。日本じゃないみたいですね」

「本物のフランスの邸宅を移築した建物だそうだよ。シェフもフランス人なんだ」

どこにでもありそうで、（continued）

「え？　そうなんですか？」

芽衣は目を丸くする。普通のレストランよりも特別な空気感だと思ってはいたけれど、そこまで本格的なところだとは思わなかった。

「芽衣、前に仕事で海外に行ける俺を羨ましいって言ってただろ？　本場の料理を食べてみたいって。だから、喜ぶかと思って」

晃輝の言葉に芽衣は親しくなりはじめた頃を思い出した。確かにそんな話をしたような気がする。でもそのなんでもない雑談をしっかりと覚えていてくれたのが驚きだ。しかもそれをこんな形で実現してくれようとするなんて。

「嬉しいです……」

芽衣は頬を染めた。

「覚えていてくれたのが、ちょっとびっくりでしたけど」

「芽衣のことは、どんなことも忘れないよ」

向かいの席から真っ直ぐに芽衣を見て微笑む晃輝に、芽衣の胸は飛び跳ねる。思わずスタッフが来ないかどうかを確認した。

「いつか一緒に本場に行こう」

その彼の言葉に、彼と一緒に世界中を旅する景色が芽衣の頭に浮かんだ。そんな未来を一緒に迎えたいと思う。

「はい」

そこへ前菜が運ばれてきた。

「季節の野菜とサーモンのオードブルでございます」

目の前に置かれた真っ白い皿にトマトやベビーリーフがまるで花束のように盛り付けられている。その周りにソースが水玉模様を作っていた。料理というよりは、皿に描かれた絵のようだ。

「わあ……！　綺麗！」

思わず芽衣は声をあげて、慌てて口を閉じた。

「……すみません」

落ち着いた雰囲気のこの空間にはあまり相応しくない反応だったかもしれないと思ったからだ。

料理を運んできたスーツ姿の男性スタッフがにっこりと微笑んだ。

「大丈夫ですよ。シェフが喜びます。うちのシェフは素材と調理法にこだわっているんですが盛り付けにも力を入れていて。食事をただ食べる時間ではなく楽しむ時間にしていただきたいと常々言っておりまして」

その言葉に、芽衣も完全に同意する。芽衣も、お客さんにはただ食べるだけでなく心まで満たされて帰ってほしいと願っている。

「彼女も料理人なんですよ。こちらのレストランが雰囲気も料理も素晴らしいと聞いてぜひ連れてきたいと思ったのです」

晃輝がスタッフに説明をした。

「そうなんですか。では後ほど、シェフを呼んでまいりましょう。ごゆっくりお過ごしください」

そう言って、スタッフは一旦下がっていった。

「はしゃいじゃってすみません」

よく考えてみれば、芽衣は料理人のくせに高級な場所での振る舞いについては自信がない。いつも料理を提供する側だったから。前回彼と食事をしたレストランも高級ではあったけれど、今日はまた一段と特別な雰囲気だ。ちゃんとできるだろうかと、少し心配になってきた。

「大丈夫。このお店は、それほどマナーを気にせずにゆったりとした気持ちで食事を楽しめるようだし、そもそも個室を予約したのは、芽衣のおしゃべりを俺がたくさん聞きたいと思ったからだよ」

　そう言ってナプキンを広げる彼に、芽衣はホッと息を吐いた。そして自分がこの料理を提供する側だったら、細かいマナーは気にしすぎずに食事を楽しんでもらいたいと思うだろうと考えた。

　オードブルは見た目だけでなく、味も素晴らしかった。新鮮な食材に絡む繊細なソースはいったいなにが使われているのだろう？

　その後のスープやメイン料理に進むたびに感動しながら芽衣は食事を楽しんだ。

「美味しかった……なんか夢みたいな時間です」

　食事が終わり、あとはデザートを待つだけになった段階で、芽衣はそう感想を漏らした。

「そう？　よかった。どこへ連れていこうかと迷ったけど」

「もう、本当に幸せです。ありがとうございます」

「こちらこそ、芽衣の話を聞きながらの食事は楽しいよ。俺も芽衣と出会って食事自体を楽しむという気持ちを知ったな。自衛隊生活が長いと、どうも食事は栄養補給という意識になってくる」

　芽衣はふふふと笑った。

「自衛隊の食事は、栄養価が満点だってマスターから聞きました」

「そうそう、それはありがたいんだけどね」

「晃輝さんが海上自衛官になられたのは……マスターの影響だったって言ってましたよね？」

「まあね。だけど祖父の影響もあるかな。うちは祖父も海自なんだ。あまり家にいない親父に代わって、よくイージス艦の話をしてくれたよ。自衛隊の艦艇の名前を教えてくれたりして、それを聞くのが楽しみで……」

そこで、なにかに気がついたように口を閉じた。

「ごめん」

海上自衛隊の仕事に触れると芽衣の心に負担がかかると思ったのだろう。

「謝らないでください。私、大丈夫です」

「だが」

「海上自衛隊の仕事は晃輝さんの一部でしょう？　海上自衛隊のお仕事って今まで全然知らなかったけど、大切なお仕事なんですよね。うみかぜで働いていなければ一生知らないままでした。そう思うとちょっと申し訳ない気持ちです」

晃輝が、穏やかに微笑んだ。

「それでいいんだよ。自衛隊は芽衣のような一般市民が平穏に暮らせるためにあるんだ。だから基本的には日陰の存在だが、それでいいと俺は思う。自衛隊が世間から注目され称賛されるのは、国が大災害に見舞われているか、有事の時だ。そんな事態は起こらないに越したことはないからね」

その言葉に、芽衣はうみかぜで話題になったクイーンマリア号の座礁事故を思い出していた。それ以外で芽衣が〝自衛隊〟の存在を思い出すのは、たびたび起こる震災の時だ。

「まあこれは、防衛大の卒業式で総理大臣から受けた有名な訓示の受け売りなんだけど。俺はいつもそう思ってる。誰かの助けになりたくてこの仕事に就いたけれど、皆に感謝されたいとは思っていない」

そう言って彼は、窓の外を眺める。

その綺麗な横顔に、芽衣の胸が熱くなった。誰にも感謝されなくても彼は職務をまっとうする。有事や災害の際は真っ先に現地へ向かうのだ。彼の身を心配するあまり怖いという気持ちがあるのは事実だけれど、そんな彼を心から尊敬する気持ちが胸に存在するのも事実だ。

――そばにいたいと強く思う。誰も知らなくても自分だけは、彼の仕事を、彼の思いを知っていたい。彼とともに生きていくからといって彼の任務を彼と同じように背負う必要はないと晃輝は言っていたけれど……。

　木漏れ日が差すレストランの庭を見つめながら、芽衣はそう強く願った。


　レストランを後にして、晃輝が運転する車で水族館へ行くと、すでに駐車場はたくさんの客で賑わっていた。暑い日が続いているけれど、今日は少しだけ曇っているからか、外にいられないほどではない。

　海からの風に混じる潮の香りを感じながら、芽衣と晃輝は水族館のメインゲートを目指すことにする。

「行こうか」

　晃輝が芽衣の手を取り、歩き出す。

「小学校の頃に遠足で来たきりだな」

　上機嫌で晃輝は言うが、芽衣はそれどころではなかった。あまりにも自然に繋がれた手を目をパチパチさせて見る。

「ゲートはあっちか。イルカショーとカピバラの餌やりができるって書いてある。餌やり、やってみる？」

　看板に書かれた案内を見ながら晃輝が芽衣に問いかける。けれどやっぱり芽衣はそれどころではなかった。

「芽衣?」

名前を呼ばれて、ハッとする。

「は、はい。あのー、だけど、その……それよりも」

モゴモゴ言って、繋いだ手に視線を送った。その視線に、晃輝は芽衣がなにを言いたいのか気がついたようだ。眉を上げて肩をすくめた。

「はぐれないようにだよ。思ったよりも人が多い。……嫌?　ならやめるけど」

嫌ならやめると彼は言うが、芽衣が嫌だと思うはずがないことはお見通しなのだろう。繋いだ手をしっかりと握り、離す気配はまったくない。

もちろん嫌ではないけれど、困るというのが正直なところだった。ただでさえドキドキしているのに、手まで繋いでいる状態では、心がふわふわとして落ち着かない。

はぐれないように、ということは水族館の中にいる間ずっと手を繋いでいるということになる。とてもこのままではもちそうにない。

「嫌じゃないけど、困ります……」

「困る?」

好きな男性とデートすること自体はじめてなのだ。しょっぱなから手を繋ぐなんてどう考えてもハードルが高すぎる。

はじめて男性と付き合う芽衣に対して『そのつもりでいる』と言ってくれた彼ならば、きっとわかってくれるだろう。

「えーっと。……すごく恥ずかしくて。私デートははじめてなので。いきなり手を繋いで回るのはちょっと」

うつむきながら芽衣は事情を説明する。

「ドキドキして困るので、できたら手は離してもらえると」

そう言って彼をちらりと見る。ここまで言えばわかってくれただろうと芽衣は思うが、彼は相変わらず芽衣の手をしっかりと握ったまま、なにやら意味深な笑みを浮かべた。

「芽衣、それは逆効果だ」

「え？」

「そんなに可愛くお願いされて、わかったと手を離す男はいない」

「え⁉」

なにを言われているのかわからなくて声をあげると、彼はくっくっと肩を揺らした。

「ドキドキするなら俺にとっては好都合だ。離すわけがないだろう」

「そんなぁ……」

　せっかく正直に言ったのに、まったく芽衣の言うことなど聞く気がなさそうな彼に、芽衣は眉尻を下げる。

「でも、このままなんて。私、自信がありません。本当にドキドキして……」

「すぐに慣れるよ。さあ行こう」

　そう言って彼はまた歩き出す。芽衣も彼について歩き出した。

　ゲートに近づくにつれて人は多くなっていく。確かに彼の言う通り手を繋いでいる方がはぐれなくていいように思える。でも芽衣の鼓動は大きくなる一方だ。大きな手が自分の手を包むのを直視できなかった。

　仕事柄ネイルもしておらず、ろくに手入れもしていない。それどころか以前魚を捌《さば》いている時に誤ってついてしまった傷痕《きずあと》が残っている箇所があるくらいだ。普段ならなんとも思わないのに、妙に恥ずかしく思えた。

　チケット売り場の列の最後尾でふたりは足を止める。晃輝が芽衣を見て繋いだ手を軽く上げた。

「まだ気になる？　どうしても無理そうなら離すけど」

　嫌ではないという意味で芽衣は首を横に振った。

「恥ずかしいだけで嫌じゃないです……私の手、あんまり綺麗じゃないから。ガサガサしてて傷もあるし」

するると晃輝は眉を上げる。芽衣の手を見てふっと笑った。

「芽衣の手は綺麗だよ。料理人の手だ。俺は好きだ」

思いがけない言葉に驚く芽衣の手を彼は持ち上げて、甲に優しく口づけた。

「この手が俺の大好きなポテトサラダと煮魚を作ってくれる。なにより、芽衣自身が料理を作る時に幸せを感じるんだろう？　芽衣の幸せが俺の望みなんだから、この手は俺にとっては宝物だ」

「晃輝さんっ！」

ただの手の話だったはずなのに、とんでもなく甘い爆弾を落とす彼に、芽衣は真っ赤になってしまう。

さいわいにしてチケットを待つ人たちはざわざわとしていて誰も芽衣たちの会話なんて聞いていないが、それでも人目がある場所でこんな言葉を口にするのが信じられなかった。

「なに？」

「なにって……こんなところで」

頬を膨らませて芽衣は言う。けれど芽衣の言いたいことなどお見通しのはずの彼はどこ吹く風だ。

「誰も聞いていないよ」

「でも……私が困ります。そんなことしょっちゅう言われたら……」

「嫌？」

「嫌じゃないけど」

「嫌じゃないならやめないよ。これは俺の本心だ。今日はお互いを知るために一緒にいるんだから。なるべく思ったことを言わせてもらう」

身勝手な宣言をする彼に、芽衣はますます頬を染める。

一方で、相変わらず余裕たっぷりの彼に、少しだけ悔しい気分になる。きっと彼の方は恋人とのこんな会話くらいなんでもないのだ。

「……初心者の私に合わせてくれるって言ったのに」

思わずそう呟くと、晃輝が即座に答えた。

「『そのつもりでいる』と言っただけだよ」

「でも」

頬を膨らませて、芽衣はじろりと彼を睨む。

全然そのつもりでいてくれているようには思えなかった。

すると彼はふっと笑って、大きな手で芽衣の頭を撫でた。

「そうやって睨む芽衣も可愛いな。今日はそういう君の顔も見られると思うと、楽しみだ」

また甘い言葉を口にする彼に、芽衣は目を丸くして慌てて周りを見回す。誰にも気づかれていないと確認してホッと胸を撫で下ろした。

それなのに晃輝はやっぱりご機嫌で芽衣の頬をふにふにとしている。そこでチケットの順番が来てようやく芽衣は彼の甘い言葉の攻撃から解放された。

「大人二枚で」

チケットを買う彼の背中を見つめながら、芽衣は心の中でため息をつく。

困ったな……。

今日の彼には、なにを言っても無駄な気がする。

けれど本当に困っているのは意外な彼の一面に、いちいちドキドキしてしまっている自分自身に対してだった。

「芽衣、行こう」

再び晃輝が芽衣の手を取る。

芽衣は、帰る時までどうかこの心臓がもってくれますようにと願いながら、歩き出した。

水平線が夕日に照らされてオレンジ色に輝いている。群青色と紫色のグラデーションを描く空を眺めながら芽衣と晃輝は浜辺をゆっくりと歩いている。芽衣の手はしっかりと晃輝に握られている。

午後は水族館でたくさんの魚を見た後、イルカショーを見たりカピバラの餌やりをしたりしてめいっぱい楽しんでから、ふたりは水族館を後にした。そして彼の運転する車で、ここへやってきた。

白い貝殻が転がっている砂の上を、ふたりはゆっくりと歩いている。彼と過ごした夢のような一日が終わってしまうのが寂しかった。

「レストランの料理、美味しかったですね」

「ああ。評判通りだったな。でも今度は芽衣の料理が食べたいな。最近、芽衣の煮魚定食食べていないから……あのポテトサラダの隊員じゃないけど、そろそろ禁断症状が出そうだ」

そう言って肩をすくめる晃輝に、芽衣はくすくす笑った。

「晃輝さんまで……。大げさです」

「だけど、そもそも芽衣はどうして料理の道を目指そうと思ったの？」

その問いかけに、芽衣は昔を懐かしく思い出しながら口を開いた。

「両親が亡くなって私を引き取ってくれたのが、母の従姉妹のおばちゃんだったんです。おばちゃん、地元の信用金庫で働いていて仕事もできるし美人だしすごくカッコいい人なんだけど、……料理が苦手で」

芽衣はそこで言葉を切ってくすくすと笑い出す。芽衣を引き取るまでは、ほとんど外食で済ませていたという彼女は、芽衣を引き取ってからは一生懸命食事を作ってくれたのだが、お世辞にも上手とは言えない代物だった。

「そもそもすごく忙しい人だし、私もなにかできないかなと思って作るようになったんです。そしたらすごく喜んでくれて……。嬉しかった」

小学生の芽衣が作る料理だって、はじめはぐちゃぐちゃだったように思うけれど、それでも美味しい美味しいと言ってたくさん食べてくれたのだ。

「それで、私すっかり調子に乗っちゃって将来の夢は料理人って決めちゃったんです」

「小さな頃からやってたのか。それは筋金入りだな」

晃輝が感心したように言った。

「でも、はじめの頃は失敗ばかりしていました。炒飯はいつも焦げ焦げだから、うちに来てた直くんが……」

そこで、言葉を切って黙り込んだ。

料理を作ると周りの人が『美味しい』と言って褒めてくれた。それが芽衣が元気を取り戻す力になったのだ。

そしてその中のひとりが直哉だった。あの時からずっと家族のようにそばにいて、心の支えになってくれていた。

いったいいつから芽衣をそういう風に想っていたのかはわからないが、その気持ちに応えられなかった以上、もうこれまでのような関係には戻れないのだろう。

それがたまらなく寂しかった。

男性として愛せなくても、彼が芽衣にとって大切な人であることには変わりない。

「直哉くんとなにかあった？」

「ちょっと……。私のせいなんですけど」

優しく晃輝に問いかけられて、芽衣は曖昧に答える。誤魔化すつもりはないけれど、どう言えばいいかわからなかった。

それでも晃輝には、だいたいのことは伝わったようだ。

「直哉くんは本当に芽衣を大切に思っているようだね。……今すぐには無理でも、時間が経てばいつかもとの関係に戻れるんじゃないかな」

直哉の気持ちしだいだけれど、本当にそうだったらいいなと芽衣は思う。

彼の気持ちに気づかずに傷つけてしまっていたのは芽衣だ。許されるかどうかはわからないけれど、今は晃輝の言葉を信じたかった。

「……両親が亡くなったことはつらかったし寂しかったけど、私、その後は周りの人に恵まれていたと思います。おばちゃんや直くん、直くんのご両親もよくしてくれましたし、今だって……」

ホテルでの出来事はつらかったが、うみかぜに来てからは優しいマスターと陽気な客たちの中で楽しく働けて回復した。はたからみれば不幸な道を歩んできたように見えるかもしれないけれど、芽衣自身は決してそうは思わなかった。

「うみかぜで働けて、お客さんたちに私の料理を美味しいと言ってもらえるんだもん。ありがたい」

足を止めた晃輝につられて、芽衣も立ち止まると、頬に晃輝の腕が伸びてきた。

「それは、君だからだよ、芽衣。芽衣が人を呼び寄せるんだ。素直で頑張りやの君を見ていると、元気をもらえるような気になれるからね。そして俺もその芽衣に惹かれた者のひとりだ」

それはかいかぶりすぎだと芽衣は思う。

自分はその時やれることをやっているだけで、特別なことはしていない。今この環境にいられるのはただ運がよかっただけだろう。

けれど今は、優しい彼の言葉を素直に受け取ろうと思った。

「ただ」

そう言って、晃輝は顔をしかめた。

「本音を言うと、隊員たちがうみかぜで君と親しげにするのは面白くない。中には本気で君を好きだった者もいるだろうし。この前、皆の前で『付き合ってる』と宣言したから、俺と君が特別な関係だというのは広まったはず。さすがになにかしてくる者はいないだろうが……」

冗談を言う彼に、芽衣はくすくすと笑った。

また彼の余計な心配がはじまった。

「そんな、それは晃輝さんが考えすぎです。皆さんが私に親切にしてくださるのは、紳士であれっていう海上自衛隊の教えがあるからでしょう？」

「いや違う。紳士は『芽衣ちゃん』なんて呼ばないだろう？」

「もう……！」

巨大で厳格な組織の幹部となるのに相応しいと皆に認められている彼の意外すぎる一面が、おかしかった。そして、そんな彼が愛しくてたまらない。

——彼とともに生きていきたい。

今日一日で、その思いがさらに強くなるのを感じていた。

出会ってから告白されたあの時までは、惹きつけられる気持ちに抗《あらが》えずあっという間だったように思う。彼をカッコよくて魅力的な人だと感じてはいたが外面的な部分に惹かれていた。

けれど今日は、素顔の彼と知らなかった面をたくさん見た。

芽衣への気持ちをまったく隠さずにそのまま口にするところ。

芽衣の手を繋ぐという、些細《ささい》なことにこだわるところ。

どれも彼と出会ったばかりの頃からは想像もつかない彼の一面だ。

彼の職業に対する思いも知った今、芽衣の中の彼への愛はより深いものとなって、歴然と存在している。

彼の隣で、彼とともに生きていきたい。

……でも。

夕日が沈む海を見つめる。はるか沖を大型客船が航行していた。

彼と生きていくならば、自分には超えなくてはいけない試練がある。

「実は俺、小学生の頃は海が少し苦手だった」

晃輝が、静かに口を開いた。その意外な内容に芽衣が彼を見上げると、晃輝も海の向こうの船を見つめていた。

「その頃は親父が現役で、あまり家にいなかったから。船を見ると心配になるんだ。無事に帰ってくるのか……いつ帰ってくるんだろうっていう寂しさもあったな。そんな複雑な気持ちになるから」

芽衣は目を見開いた。

「もちろん憧れてもいたんだけど、あの頃はやっぱりそばにいてほしかった。しかも、心配だとかそういう気持ちは親父には言ってはいけないと思ってたから直接言うこともできなかったし」

そう言って彼はため息をついた。

「今から思えば言えばよかったんだと思う。母さんが亡くなった時も……いや普段から、心配だ、行かないでほしいって。そういう関係だったらもっと早くに……。本当は、親父もそうしてほしかったんだと思う」

その言葉は芽衣にとって意外だった。

心配だという気持ちを本人に伝えるなんて、してはいけないような気がする。待つ者の心得としてはその気持ちは隠して笑顔で送り出すのが、いいのではないだろうか。

「でもそれって、負担になるでしょう？」

家族が心配しているのはわかっていても直接言われるのとはわけが違う。負担になって職務に影響しないだろうか？

晃輝が芽衣に視線を移してきっぱりと言い切る。

「俺はそうは思わない。不安な気持ちも心配だという思いも全部俺にぶつけてほしい。俺にはそれをすべて受け止める覚悟がある」

強い視線が芽衣の胸を貫いた。

――受け止める覚悟がある。

「俺は、海上自衛官の家族がどんな思いで待っているかを知っている。だからこそ受け止めて共有したいと思うんだ。少し前に上司と話をしていて気がついた」

「上司の方に？」

「俺がとても信頼している人だよ。親父と祖父と同じように尊敬する自衛官だ」

晃輝がにっこりと笑う。そしてまた真剣な表情になった。

「そしてそんな思いで俺を待ってくれている人のために職務をまっとうする。力になると思うくらいだ」

――力になる。

以前の彼もそのような話をしていた。つらい経験をした彼だからこそ、待つ人の気持ちを共有し受け止めたいと願うのだろう。

「それでも、待つ者の心の負担は変わらない。俺が船上にいて任務に挑むのに変わりないのだから。……だから俺は」

彼はそこで言葉を切って、芽衣の肩を両手で優しく包んだ。

「約束する。なにがあっても俺は絶対に帰ってくる」

絶対に帰ってくるという言葉に、芽衣の心が大きく動く。

晃輝に優しく引き寄せられ、たくましい腕の中に包まれる。ギュッと力が込められた。

芽衣の髪に寄せた唇が、熱い言葉を紡ぎ出す。

「だから芽衣、俺の帰る場所になってくれ。なにがあっても必ず君のところへ帰ってくる。誓うよ」

その固い約束に、芽衣の胸が燃えるように熱くなった。

彼の強い想いに、彼のいない日々の不安をひとりで乗り越えなくてはならないと怯えていた気持ちが包まれていく。

「絶対に帰ってくるって約束してくれますか?」

思わず芽衣はそう問いかける。

有事の際は、お互いの想いだけではどうにもならない。それでも彼に約束してもらうことこそが大切なのだと、強く思った。

晃輝がそっと身体を離して、大きな両手で芽衣の頬を包んだ。自分を見つめる彼の視線にこれ以上ないくらいに熱い想いが込められている。芽衣の胸が痛いくらいに高鳴った。

「誓うよ」

すぐに彼との道を歩むと決断はできなかった。

——それでも。

受け止めるという言葉と絶対に帰ってくるという彼の約束は、芽衣の心に深く深く刻まれた。

第五章　約束

日が落ちた後の横須賀を望むうみかぜの窓から、芽衣は外を眺めている。

時刻はまだ午後七時半を回ったところだけれど、客はひとりもいなかった。昼営業から通して少ししか客足が伸びない原因は、芽衣にも心あたりがある。

一週間前から、いずもが航海に出ているからだ。

デートの日の二日後に晃輝は航海に出ていった。三カ月以上帰ってこなかった前回の航海とは違って、今回はそれほど長くはないと彼は言ったが、戻りがいつかは知らされていない。

テーブル席の調味料入れを一つひとつ丁寧に拭きながら、芽衣は窓の外を見ていた。

――心配だという思いに変わりはない。

ここから見える海は穏やかだけれど、いずもがどの海域にいるのかはわからない。その海の天候も不明なのだ。またいつどこでなにが起きて、いずもが救助に向かわなくてはならないかもわからない。

それでも、芽衣は自分の心の中の変化を感じていた。

不安でたまらないこの気持ちを彼と共有しているのだ。芽衣ひとりのものではない。そう思うと、ずっしりとした重い袋が半分だけ軽くなるような気がした。

そして。

『なにがあっても俺は絶対に帰ってくる』

力強く約束してくれたあの声音がしっかりと耳に残っていて、芽衣の心を励ましてくれた。

いつだって彼は芽衣を優先してくれた。その彼が誓ってくれたのだ。

ガラガラと店先の扉が開く音がして、芽衣は顔を上げて振り返る。

「いらっしゃ……」

言いかけて口を閉じた。

少し気まずそうな表情で、暖簾をくぐって入ってきたのは、直哉だった。

彼がここに来るのは、あの台風の日以来だ。

「直くん、来てくれたんだ」

もう来てくれないかと思っていた。あの日からメッセージでのやり取りもなくなっていたからだ。彼の想いを受け入れられなかったことで幼馴染の関係に終止符が打たれたのだと思っていたのに。

「マスターの生姜焼きを食いに来たんだよ」

バツが悪そうにそう言って、彼はカウンター席に座った。

「いらっしゃい。生姜焼き定食でいいね」

裏から出てきたマスターが注文を確認してから厨房に入り、こちらに背を向けて調理をはじめた。

芽衣は彼の前におしぼりとお冷を置いた。

「来てくれてありがとう」

「べつに礼を言われるほどのことじゃねえよ」

「でも……」

「それにあれは、お前が悪いんじゃない。俺の問題なんだから」

芽衣が罪悪感を抱かずにいられるようにそう言ってくれる。その優しさに芽衣は何度救われただろう。

「それより、今日は俺だけ？　こんなんじゃ困るんじゃね？」

直哉が首を傾げて店の中を見回した。

「今お客さんが途切れてるだけだよ。いずもが出港しているから、もともとお客さんが少ないんだけど」

芽衣がそう言って窓の外を見ると、直哉もつられたように窓の外を見つめ低い声で確認した。

「あの男は、そのいずもに乗ってるのか？」

あの男とは、晃輝のことだろう。

「……うん」

「また、何カ月も帰ってこないのかよ？」

「今回はそこまでではないって言ってた。もちろん詳しい日程は知らないんだけど」

窓の外を見つめたまま芽衣は答える。

いつになるかはわからない。けれどきっと彼は帰ってきたその足でここへ来てくれるだろう。その確信が胸にある。

「だー!!」

直哉が突然声をあげて机に突っ伏した。

芽衣は驚いて振り返った。

「俺の方がずっと長く見てたのに、いきなり現れたやつに取られるなんて！　鳶《とんび》に油揚げを攫《さら》われるってこういうことを言うんだな」

大きな声で悔しがる彼に芽衣は目を剥《む》いた。

「な、直くん……！」

他に客がいないとはいえ、あまりにもあけすけな言葉に芽衣の頬が熱くなった。

「そりゃ、関係を壊したくなくて気持ちを言えなかった小心者の俺が悪いんだけど。やっぱりエリートには敵わないな」

大っぴらに悔しがって芽衣を見る。

「芽衣、おばちゃんに俺から報告しておくからな。芽衣に超絶カッコいいエリートの彼氏ができましたって」

そんなことまで言う彼に、芽衣は思わず言い返す。

「や、やめてよ！　そんな言い方、おばちゃんが心配しちゃうよ。それに、私……まだ……」

気持ちが通じ合ったとはいえ、彼との関係はまだはじまったばかりなのだ。そんな状態で従伯母に報告なんてできるはずがない。

カウンターに頬杖をついたまま、直哉が芽衣を軽く睨んだ。

「でもお前、この前とは全然顔つきが違うぜ。覚悟ができたって感じがする」

「え……？」

「俺が何年お前を見てきたと思ってる？　芽衣のことはお前よりよくわかってるよ。

この前の青い顔をしたお前なら俺にもまだチャンスがあるかもって思ったけど、もう無理だな」

直哉がそう言って、天井を仰いだ。

「そんな顔されたら俺もなにも言えないな。……仕方がないから手がかかる妹の新しい一歩を応援するよ」

さりげなく敗北宣言をする直哉に芽衣の胸が感謝の気持ちでいっぱいになる。彼の強さと優しさが、芽衣から大切な兄のような存在を奪わないでくれたのだ。

「直くん……ありがとう」

そこでマスターが山盛りの生姜焼きを直哉の前に置いた。

「はい、お待たせ。生姜焼き定食だ」

「ええ⁉ マスターこれいつもより多くない？」

直哉が目を丸くする。彼の言う通り、皿に盛られた生姜焼きは、通常の二倍くらいはある。

「それ食べて元気を出してくれ」

マスターがにっこりと笑った。

芽衣と直哉のやり取りから、それとなくなにがあったのかくらいは気がついているのだろう。

「ありがと、マスター。ここはやっぱりいい店だよ。ポテトサラダとビールも追加してくれる？　今日は飲みたい気分だ。ってか飲まなきゃやってられねえ！」

マスターが「あいよ」と答えて、すぐに小鉢とビールを持ってきた。

「今日は俺の奢りだよ」

「えー嬉しいな。そうだ、マスターも飲まない？　今日はもうお客さん来なさそうだし。大切にしてた妹に彼氏ができてしまった兄を慰めてよ」

「じゃあ、そうするよ。俺も直哉くんと同じ気持ちだし。慰め合おう」

そう言って、椅子を持ってきてカウンターの中で直哉の向かいに腰を下ろした。

「なに言ってんの。相手はマスターの息子じゃん」

「いやいや、芽衣ちゃんは娘みたいなもんだから……」

そんな会話をしながらグラスをカチンと合わせるふたりの姿がじわりと滲み、芽衣は彼らに背を向けてそっと涙を拭った。

まだ完全に決心できていない状況で、これからどうなるか、はっきりとはわからない。でも、ひとつだけ、自信を持って言えることがある。

ここへ来てよかった。

「芽衣ちゃんも飲もう。追加でつまみを用意するよ、暖簾を下げてきてくれ」

「いいんですか？」

「もちろんだよ」

言われた通りにして、カウンター席に並んで座りグラスを合わせた。

「それにしても、マスターの息子はいい男だよね。はじめて会った時に、俺これはやばいって思ったもん。マスターもいい男なんだから当たり前なんだけど。芽衣、お前ほとんどひと目惚れだろ？」

からかうような直哉からの問いかけに、芽衣は頬を染めて口を尖《とが》らせた。

「直くんもう酔っ払ってるの？」

「酔っ払ってるよ。だから言えってほら、どこを好きになったんだ？」

「答えません」

そんなこと言えるわけがないけれど、そう言われてみれば、晃輝に対してははじめから、なんなら出会った瞬間から不思議なものを感じたのを思い出す。

晃輝がマスターの息子だと知る前に『おかえりなさい』と声をかけてしまったあの時の感覚だ。

あれがひと目惚れというものなのだろうか？

どちらかというと、懐かしいようなやっと会えたというようような感覚だったけれど……。

「そもそも芽衣はどうしてうみかぜに来ようと思ったんだ？」

直哉の疑問に、マスターも同調する。

「それは俺も不思議に思ったよ。この店はグルメサイトの類はすべて断ってるから、ネットで見てきたわけじゃないだろう？」

「調べてきたわけじゃないです。たまたま坂の下から明かりが見えて……」

あの暖かな明かりの漏れる場所へ行きたいと強く思ったのを覚えている。そこが食堂だと知らなかったはずなのに……。

「ふーん」

直哉が納得したようなしてないような声を出した。

「でもマスターもマスターだよな。いきなり来て働かせてほしいって言い出した芽衣をその場で雇うと決めたんだろ？　それもなんかびっくりな話だよ。マスターってこういう人助けよくするの？」

直哉からの問いかけに、今度はマスターが、うーんと考え込んだ。

「いや、こういう経験ははじめてだ。そもそもうちで従業員を雇ったのもはじめてだし。……もちろん芽衣ちゃんが困っていそうだから、いてもらおうと思ったんだが、なんていうかそうだな……」

そう言って首を傾げている。

芽衣と同じようにあの時を思い出しているようである。

「どうしてかわからないが、この子はここにいるべきだと思ったんだよ」

そう言って、にっこりと笑った。

『ここにいるべき』という言葉に、芽衣の胸がドクンと鳴った。

あの時、芽衣も同じように感じたとはっきり思い出したからだ。この店で働きたいと思ったが、それよりも自分はここにいるべきだという強い確信が胸に生まれた。そしてその衝動に突き動かされるままに、マスターに働かせてほしいと頼んだのだ。

……そういえばあの衝動には覚えがある。

基地でのイベントの際、制服姿の晃輝を目にした時に感じた強い想いだ。あの時は単純に彼の制服姿にドキドキしたのだと思っていたけれど……。

「今となっては直感に従ってよかったなと思うよ。もうみかぜに芽衣ちゃんがいないなんて考えられないからね。不思議な巡り合わせだね」

――不思議な巡り合わせ。

はじめから晃輝に特別なものを感じたことを、直哉はひと目惚れと言ったけれど、どちらかというとこの言葉の方がぴったりだと感じた。

マスターの隣で直哉が再び突っ伏した。

「俺にとってはそうとは言えないけどなー」

マスターが少し真剣な表情で芽衣を見た。

「だから芽衣ちゃん、晃輝との関係がどうなっても、君がここにいたいと思う限りここにいていいからね」

少し前、芽衣が考えていた不安に対する言葉だ。晃輝の気持ちに応えられないならば、この店を辞めなくてはならないという芽衣の考えなどマスターにはお見通しなのだろう。

「……はい。ありがとうございます」

「ああ、俺にもいい出会いないかなー。この店、いい店なんだけど客が男ばかりなんだよなー」

「いや、直哉くんならこんな店で出会いを探さなくても、仕事関係でいくらでもあるだろう」

「どうかなー。考えたこともなかったから」

芽衣のポテトサラダをつまみにそんな話をするふたりを見つめながら、芽衣は温かい気持ちになっていた。

この場所にいたいと強く思う。晃輝との関係も結論が出かけているように思った。

この場所で、彼を待つ人生。これまでの生きてきた中で、考えてもみなかった道だった。

その人生はいったいどんな人生になるのだろう？

笑い合うふたりと、窓の外の横須賀の夜景を見つめながら、芽衣はそんなことを考えていた。

海から吹く風が少し涼しく感じるようになった日曜日、芽衣は街からうみかぜに続く坂道を上っている。スーパーへ買い出しに行った帰りである。

振り返ると午後の穏やかな日差しのもと海が輝いている。

晃輝は今、どのあたりにいるのだろう？

そこの海はどんな色をしているのだろう？

うみかぜの前を通りかかると、定休日なのに店の扉が少し開いている。暖簾はかかっていないけれど、中から人の気配がするのを感じて、芽衣は外から声をかけた。

「こんにちは、マスター」

「ああ、芽衣ちゃん。ちょうどよかった」

彼は、カウンターに座ってなにかを広げていた。古い写真のようである。

「仕事ですか？」

「いや、午前中に市内の母の家へ行ってきたんだよ。亡くなってからずっと空き家になったままだから、そろそろなんとかしないと、と思ってね。で、祖父の遺品を整理していたら、昔のうみかぜの写真が出てきたんだ」

『昔のうみかぜ』という言葉に、芽衣は首を傾げた。一階が店舗、二階以上が住宅というこのビルは、マスターがうみかぜをはじめた時に建てられたものと聞いていたからだ。

「うみかぜは、マスターがはじめたお店だと思っていました」

「今のうみかぜはね。この場所は曽《そう》祖父の代から衣笠家《うち》が所有しているんだが、戦前はうみかぜという食堂をやっていたんだよ。昔も海軍の軍人さんがよく来る食堂だったそうだよ。俺のひいひい祖父さんの時代になるんだが」

「そうなんですか」

芽衣にとってははじめて聞く話だった。

「海自を辞めて陸で働こうと決めた時に食堂をやろうと思ったのは、俺の爺さんから昔はここで食堂をやっていたという話を聞いていたからなんだ」

「じゃあ、うみかぜっていう名前もそのお店からいただいたんですね」

「そうそう。だからさ、実家にある遺品は近々処分するつもりだけど、うみかぜに関するものは残しておこうかと思って探してきたんだよ。そしたら、面白いものが見つかってね。ちょうど芽衣ちゃんに見せようと思ってたんだ」

そう言って、マスターはカウンターに置いてある風呂敷包みをそっと開ける。中から古びた木製の箱が出てきた。左下のあたりに「衣笠みお」と書かれていた。持ち主の名前だろう。

「私に？」

マスターの言葉を不思議に思って芽衣は首を傾げた。

「うん、そう。芽衣ちゃんに」

そう言ってマスターは、そっと箱を開け中から一枚の写真を取り出した。

うみかぜと書かれた看板を掲げる平屋建ての建物と、その前に立ち微笑む夫婦、若い女性の写真だ。

「この夫婦は俺の曾祖父の両親だ。うみかぜをはじめた人たちだよ。で、のちにこの食堂を継ぐのがふたりの間にいる娘さん。俺の曾祖父の妹で、衣笠みおという人なんだが」

マスターはそこで言葉を切って、芽衣を見る。

写真の中で微笑む衣笠みおという女性に、芽衣の視線が吸い寄せられる。なぜマスターが芽衣にこの写真を見せようと思っていたのかがわかった。

彼女が、芽衣にそっくりだからだ。

「不思議だろう？　芽衣ちゃんの生き写しみたいだ。実家でこの写真を発見した時は、鳥肌が立ったよ。この間、直哉くんと話した時のことを思い出してね。芽衣ちゃんがここへ来たのは不思議な巡り合わせだと思ったが、もしかしたら本当に運命だったのかも……。なんてまあそこまで言うと言いすぎかもしれんが」

そう言ってマスターはあははと笑った。

マスターは、半分以上冗談で言っているけれど、芽衣にはそうは思えなかった。

ここへ来た夜、あそこへ行きたいと感じた、強い思いが蘇る。思い返してみると、あの時自分は〝行きたい〟と思ったというよりは〝帰りたい〟と願ったように感じた。

「みお……さんは、この後うみかぜを継いだとおっしゃいましたよね。お子さんは？」

思わずそう尋ねずにいられなかったのは、この写真の中の女性を、他人だとは思えなかったからだ。東北出身の芽衣とまさか遠い親戚だというわけではないだろうが……。

「いや、彼女は生涯独身だったんだ。なんでも若い頃、海軍の将校さんと恋仲になって婚約もしていたらしい。だがお相手の方は、どうやら戦死されたようだ。……時期的に第一次世界大戦の頃だな」

マスターが、やや声を落とした。

「ご遺体が戻らなかったそうだから、なおさら諦めがつかなかったのだろう。みおさんは、どんなにいい縁談にも耳を貸さずに独り身を貫いたそうだ。『自分はここであの人を待っている』と言っていたと、爺さんから聞いたな」

その話に芽衣は息が止まりそうな心地がした。

まったく縁もゆかりもないはずの女性の人生が、自分と重なって思えるのはどうしてだろう。

彼女は、まさに今芽衣がいるこの場所で、船上で危険な任務に挑む愛しい人を待ち続けていたのだ。偶然なのだと思うけれど、それでは済まされないほどの惹きつけられるなにかを感じていた。

「他に、写真はないのですか？」

マスターの手元の箱を見る。

もはや他人とは思えないほど並々ならぬ繋がりを感じている。彼女のことをもっと知りたいと思った。

「いや写真はそれだけだ。だがみおさんが綴《つづ》った手記があるよ。読んでみるかい？昔の人の字だから少し読みにくいけど」

そう言ってマスターが箱から取り出した冊子の表紙には『うみかぜのこと』と書かれている。どうやら彼女が両親から引き継いで切り盛りしていたうみかぜについて、晩年に書いたもののようだ。

茶色く変色してはいるけれど、中はしっかり読める状態だった。

マスターがそっとページをめくり、首を傾げた。

「……いやこれは、どちらかというとレシピ集かな？」

「大正二年、女学校を卒業。父母の手伝いをはじめる」という一文からはじまるカタカナと漢字で書かれたその手記には、うみかぜで起こった出来事が書かれているのだろう。

けれど読み進むにつれて、うみかぜで客に提供していた献立の記録がほとんどになっていく。

時折絵を交えながらの記述に、思わず芽衣はくすりと笑う。彼女は本当に料理好きな女性だったのだろう。

うみかぜであった出来事を残そうと思ってはじめたはずが、いつの間にかレシピ集のようになってしまっている。けれどそこに芽衣は興味をそそられる。下ごしらえの仕方から味付けのタイミングまで細かく丁寧に書かれている。

「すごい……。あ、煮魚。この頃から、カレイは人気だって書いてある」

開いた箇所を読み芽衣が呟く。マスターが芽衣に手記を差し出した。

「持って帰って読んでいいよ。なんだかこの手記は芽衣ちゃんのために書かれたみたいな気がするし」

大切な手記を持って帰るなんて恐れ多いと思いつつ、芽衣自身もそうしたいと思った。たくさんのレシピの合間に綴られる彼女が愛しい人を待ちながらうみかぜで過ごした日々がどんなものだったのか……。訃報が届いてもなお、婚約者の帰りをここで待ち続けていたという彼女の自身のことも知りたかった。

「お借りします」

うららかな午後の日差しの中、キラキラと輝く青い海の沖を白い大きな船が航行している。自分の部屋の窓辺に座り、外からの風を感じながら、芽衣は、読み終えた衣笠みおの手記を手に景色を眺めている。

ずっと昔彼女もこの場所から、こんな風に海を見つめていたのだろう。

それは彼女の記憶でありながら、まるで自分の過去のようにも感じた。

カタカナ交じりの手記は、芽衣には慣れない文体であるはずなのにさほど苦労なく読むことができた。

彼女がいかにうみかぜという場所を大切に思っていたかがそこかしこに感じられる記録だった。

そしてその大切な場所と切っても切れない関係だったのが、彼女の愛した人、大谷《おおたに》武志《たけし》だ。

マスターが言っていた彼女の婚約者だった海軍将校だ。

海の香りを感じながら、芽衣ははじめの方のページを開く。ふたりの出会いは、みおの両親が営んでいたうみかぜに武志が先輩将校に連れられてやってきたことだったようだ。

「驚くほど背が高く、怖い目つきの将校さん」――

彼女が綴った彼の第一印象に、芽衣は思わずふふっと笑う。

晃輝との出会いを思い出したからだ。あの時は、彼の背の高さと厳しい印象に驚いた。その後、彼自身を知るとその印象はガラリと変わったが、どうやらみおの方も同じだったようだ。「話してみると優しい方」と書いてある。

まるでかつての自分が書いたような不思議な気持ちを抱きながら、芽衣は別のページを開く。カレイの煮付けの作り方が記載されたページだ。

仕入れたカレイの厚みや新鮮さに応じて、火を通す時間や味付けの濃さを変えるというのは今の芽衣にも参考になる。

その最後に書かれた一文を、芽衣は不思議な気持ちで読み返す。

「武志さんの好物。来られるとわかっている日は取っておいた」

またもや重なる彼女と自分の共通点に、驚くというよりは、懐かしいように感じている。まるでかつての自分を思い出しているかのような気持ちだった。

一方で、海軍将校と彼女の恋は、両親にはあまり賛成されなかったようだ。待つ時間が多く、気苦労も多い結婚を賛成できないと言われたとある。普通の相手と一緒になって、穏やかな人生を送ってほしいと両親は願ったと書いてある。

「でも私は、武志さんでないと嫌でした。武志さんでなければ幸せになれないとわかっていました」

どうやらみおは当時の女性にしては、意思の強い人だったようだ。彼女の気持ちに両親が折れてふたりは婚約した。

「武志さんでなければ」

その言葉に芽衣の胸は熱くなった。

普通の仕事の人と結婚すれば穏やかな人生を歩めるのに、彼でなくてはならないという想いは、芽衣がまさに今感じている気持ちだった。

——どうしても、晃輝さんがいい。彼とでなくては、幸せにはなれない。

とはいえ、みおにも葛藤がなかったわけではないようで長く会えなかった期間に泣いてしまったという記述がある。

ほとんどがレシピで占められている手記の中で、ここだけは一ページを使って詳細に書かれている。それだけ彼女にとっては、思い出深い出来事だったのだろう。

武志が長い航海に出る前日、みおはあまりの寂しさに泣いてしまったのだ。

「私は、軍人さんの婚約者失格です」

武志との結婚に自信をなくした彼女に、彼はこう答えたのだという。

「泣いてください。私はそれを受け止める」

その言葉で、みおは本当の意味で彼と生きていく覚悟ができたと書いている。

「いっぱい泣いて、この場所であなたをお持ちしています」

彼女の覚悟に、芽衣はまるで励まされたような心地になる。

待つ者の寂しい気持ちも受け止める。

晃輝も自分にそう言ってくれたから。

マスターから聞いた、武志の生死に関する事実は、手記の中には出てこない。彼女は婚約者の生存を信じて、待ち続けていたようだ。

手記を閉じて、芽衣はふうっと息を吐く。

この場所で、愛する人を待ち続けた彼女の覚悟と、その後の人生に思いを馳《は》せる。

はたから見るとふたりは悲劇的な結末を迎えたように見えるだろう。

けれど彼女の胸のうちは、彼に恋をした人生は、幸せだったのではないだろうか。

穏やかな海の上を海鳥が飛んでいる。

今いずもはどのあたりにいるのだろう?

「晃輝さん」

芽衣は青い海に向かって呼びかけた。

無性に彼に会いたかった。

会ってこの想いを聞いてもらいたい。

今も船上にいるあなたが心配でたまらない。それはきっと永遠に変わらないけれど、それでもあなたと生きていきたい。

私はあなたでなければ、幸せにはなれないのだから。

――もう大丈夫、揺らがない。

海上の船と船がすれ違いざまに、ボーッと汽笛を鳴らしている。

その音を聞きながら、芽衣はようやく彼と生きていく覚悟ができたと感じていた。


その知らせがマスターに入ったのは、芽衣がみおの手記を読んだ二週間後のことだった。その日の朝、カーテンを開けた瞬間、芽衣の鼓動は飛び上がる。

基地にいずもの姿があったからだ。

彼が帰ってきた！

昨日の夕方までは艦体の姿がなかったし、夜営業にもいずも所属の隊員は来なかったから夜遅くに入港したのだろう。

すぐに芽衣は携帯を確認する。彼からのメッセージが届いているかもしれないと思ったのだ。けれどメッセージは届いていない。

少し落胆したけれど、これ自体は自然なこと。母港に停泊していても乗務員は常に乗船していなくてはならない。彼が勤務中という可能性は十分にあり得るのだ。勤務を終えれば、ここへ来てくれるだろう。

胸を弾ませながら、芽衣が出勤の支度をしていると、玄関の呼び鈴が鳴る。芽衣は首を傾げた。ここに住みはじめてから、人が尋ねてきたことなどほとんどない。

しかもこんな朝早くに……。

訝しみながら、覗き穴から確認すると立っているのはマスターだ。芽衣は急いでドアを開けた。

「マスター、どうしたんですか」

「ああ、芽衣ちゃん。携帯を鳴らしたんだが、出なかったから直接来てしまったよ」

顔を洗っていて気がつかなかったのだろう。

「ちょっと急ぎだったから」

そう言って彼は少し眉を寄せて深刻な表情になった。

「晃輝が怪我をして病院に運ばれたそうだ」

芽衣の鼓動がドクンと嫌な音を立てた。身体から血の気が引いていく。

職務中に彼の身になにかあるという事態は、芽衣が一番恐れていることだ。

「詳しい事情はよくわからんのだが、どうやら頭部に傷を負ったようだ。とりあえず俺は病院に行ってくるよ。入院となれば家族の付き添いも必要かもしれんし」

「わ……私も一緒に行っていいですか？」

考えるより先に芽衣はマスターにそう尋ねていた。もしかしたら、マスターは自分に店を頼みに来たのかもしれないという考えが頭を掠《かす》める。けれどこの状況でそれができる自信はなかった。

どの程度の怪我なのだろう？

命に別状はないのだろうか？

少しでも近くで彼の状況を知りたかった。

「マスター、お願いします！」

「もちろんだよ、芽衣ちゃん。だからこうして知らせに来たんだ。車を出すから準備できたら下りてきてくれ」

マスターの言葉に芽衣は震えながら頷いた。

『自衛隊横須賀病院《じえいたいよこすかびょういん》』までは、マスターが運転する車で三十分、けれど芽衣にとっては永遠にも思える時間だった。途中、動揺する芽衣を落ち着かせようとマスターは優しく声をかけてくれた。

「芽衣ちゃん、大丈夫だ。あいつは人一倍頑丈だから、大した怪我ではないはずだ」

さすがは元自衛官。終始落ち着いていて運転もしっかりとしている。だが、芽衣の手の震えは治らない。

もしも彼の身になにかがあったらと思うと血の気が引いていく。クイーンマリア号座礁事故の話を聞いて両親の事故の記憶がフラッシュバックしたあの時と同じ感覚だ。怖くてたまらなかった。

——けれど。

目を閉じて彼との約束を思い出す。必ず帰ると誓ってくれた言葉を思い浮かべると少し落ち着きを取り戻せた。血の気が引いていくような感覚もなくなった。

「芽衣ちゃん、大丈夫かい？」

心配そうに尋ねるマスターに、芽衣はゆっくりと目を開いてしっかりと答えた。

「はい、大丈夫です」

病院の総合受付にて、マスターが晃輝の家族だと告げている廊下の向こうから、見覚えのある人影が近づいてくるのが見えた。

晃輝だ。

そう思った瞬間に、芽衣の身体が動いた。

「晃輝さん」

彼のもとへ駆け寄って広い胸に飛び込んだ。シャツをギュッと掴むと、たくましい腕に包まれる。

無事だった！

怪我の具合はわからないが、とにかく自分の足で歩いているのだから、命に別状はないのだろう。

「芽衣、心配かけて悪かった」

耳元で囁かれる聞き覚えのある声と、大好きな彼の香りに安心して芽衣の目から涙が溢れる。

「心配しました。怪我って聞いて、私……！」

ここがどこだとか、人が周りにいるとか、周りの状況を考えている余裕がなくて、芽衣は彼に力一杯抱きついた。

「ごめん。ちょっとした事故でこめかみあたりを少し切ったんだ。すぐに止血したんだが、頭を打っていたから念のため精密検査を受けた。結果は問題なかったから今帰宅の許可が下りたよ」

その言葉通り、制服姿の彼は右のこめかみのあたりにガーゼを当てている。

大きな手で、芽衣の頭を優しく撫でた。

「そうだろうとは思っていたが。まあ不注意なら反省しろ。怪我をしないようにするのも職務を遂行する上では大切だからな」

ゆっくりとこちらに歩み寄りながら、マスターが言う。

そこへかけ寄り頭を下げる者がいた。

「一尉が怪我をされたのは、私の不注意であります！　詳細は申し上げられませんが、一尉は私を庇ってくださったのです。この度は大変申し訳ありませんでした」

晃輝の後ろにいた若い隊員だ。

「君ももう宿舎へ帰りなさい。付き添いご苦労だった」

晃輝が彼に声をかける。彼は晃輝に敬礼をしてもう一度マスターに頭を下げてから、帰っていった。

そんな周りのやり取りに、芽衣は少し冷静になる。皆が見ている前で、晃輝に抱きついてしまったのが恥ずかしくて、慌てて離れようとするが、晃輝の腕にギュッと力が込もっていて無理だった。

「衣笠さん、手続きは済んでいますから、もうお帰りいただいて結構ですよ。隊への報告書は後日こちらから直接送っておきます」

年配の女性看護師が晃輝に向かってそう言った。

「ありがとうございます」

答える晃輝の腕が少し緩んだのを感じて、芽衣はすかさず彼から離れた。

「す、すみません。騒いでしまって……」

誰ともなく謝ると、看護師がニコニコとして答えた。

「大丈夫ですよ。この病院は、一般の患者さんも受け入れておりますが基本は隊員の方を診る場所ですから、ご家族が駆けつけてこられてこうやって心配されるのはよくあることです」

ご家族という言葉と、看護師と同じようにニコニコしているマスターを見て、芽衣は頬を染めてうつむいた。

看護師に挨拶をして、三人は正面玄関を出る。朝晩は少し涼しくなったとはいえ、まだ昼間の日差しは強く、熱気を感じるくらいだった。

「なかなか涼しくならんな」

マスターが太陽を睨み文句を言ってから晃輝に問いかけた。

「お前、今日は休みか？」

「ああ。もともと非番だけど、傷病休暇もつくから、今日から三連休」

「なるほど。芽衣ちゃん、悪いけどこの息子をタクシーで家まで送ってやってくれないか？　俺は店の準備があるから帰らないと。今からだと、昼は無理でも夜営業には間に合いそうだ。今夜あたりいずもを下りてうちの料理を楽しみにしているお客さんが来るだろうから、夜は開けたい。それから今日は休みでいいよ。なんなら三日くらい休んでも大丈夫だからね」

そう言ってにっこりと笑うマスターに、芽衣は目をパチパチとさせた。

「え？　でも……」

彼を家まで送って、すぐに店に戻れば、夜営業の準備くらいは十分にできるはず。休むほどではない。それに三日もだなんて……。

「ありがとう、親父。じゃあお言葉に甘えてそうさせてもらうよ。今日から三日間芽衣は休み。心配かけて悪かった。来てくれてありがとう。芽衣、行こう」

芽衣の代わりに晃輝が答えて、芽衣と手を繋ぐ。家まで送ってもらう必要があるのかと思うくらいしっかりとした足取りでタクシー乗り場に向かって歩き出した。

ニコニコと笑いながら手を振るマスターの姿を振り返りつつ、晃輝の後についてタクシー乗り場を目指しながら、ようやく芽衣もマスターと晃輝のやり取りの意味を理解する。

久しぶりに顔を合わせた芽衣と晃輝に、しばらくふたりきりで過ごせという意味だ。

「あの……！　晃輝さん……！　でも」

芽衣は晃輝に呼びかける。だからといってはいそうですか、というわけにはいかなかった。久しぶりに彼の顔を見られたのだ。一緒にいたい気持ちはあるけれど、仕事を休むのは気がひける。

晃輝がぴたりと足を止めて、振り返った。

「心配かけてごめん。病院の世話になる事故なんて入隊してはじめてなんだが、よりによってこんな時期に……」

そう言って、苦しげに眉を寄せて芽衣の頭をそっと撫でた。心配する芽衣を気遣ってくれているのだ。

「心配はしましたけど……ご無事だったのでよかったです。取り乱してすみませんでした」

彼の部下もいる場所でのさっきの芽衣の振る舞いは、彼の信用を失わせかねない行為だった。

「頭が真っ白になっちゃって……」

うつむいてそう言うと、たくましい腕に包まれる。

「大丈夫だ。君の想いは全部受け止めると言っただろう。だが、だからこそそんな君をこのまま帰すわけにはいかない。三日は無理でもせめて今日だけは一緒にいてほしい」

耳元で囁かれる大好きな低い声音に、彼に会えたら伝えたいと思っていたことが頭の中を駆け巡る。怖い知らせが来た時は最悪の事態も頭をよぎった。やはり彼の仕事は危険と隣り合わせなのだと実感したのだ。

けれど。

彼の背中に腕を回して、芽衣もギュッと力を込める。彼の存在を確かめる。

──帰ってきてくれた。

必ず帰るという約束を彼は守ってくれたのだ。その彼に聞いてもらいたい。

もう迷わないと決めた、揺るがない芽衣の決意を。

「晃輝さん」

顔を上げて呼びかけると、晃輝が少し意外そうな表情になる。さっきまでの芽衣とは、少し違うと気がついたようだ。

静かな眼差しで自分を見つめる彼に向かって、芽衣は決意を込めて口を開いた。

「私、晃輝さんにお話があるんです」

バタンと少し大きな音を立てて、晃輝のマンションのドアが閉まる。その音を聞いたと同時に唇を奪われた。

「んんっ……！」

唐突に訪れた深くて激しい触れ合いに芽衣は身体をしならせる。それを危なげなく受け止めて、彼は芽衣の中を余すことなく触れていく。

数週間ぶりの彼の感触に体温が一気に上昇する。

――やっと帰ってきてくれた。おかえりなさい、ずっとあなたを待っていた。

頭の中で聞いた声は、芽衣のものか、あるいは別の誰かのものなのか。

わからないまま少し混乱しながら、彼のシャツを握りしめる。

いつもは芽衣に触れる時、必ず言葉で確認してくれるはずの彼の性急な行動が芽衣の胸を高ぶらせる。

もっと深く触れ合いたい。

もう少しも離れたくない。

そんな想いで頭の中がいっぱいになった。

気が遠くなるほどの濃厚な時間から、ようやく解放された頃には芽衣の身体の力はすっかり抜け切っていた。芽衣をギュッと抱きしめて晃輝が耳元に囁いた。

「ごめん……我慢できなかった」

大きな手が優しく髪を撫でる感触に芽衣はゆっくりと目を開く。さっきほどではないけれど、彼の瞳にはまだ獰猛《どうもう》な色が浮かんでいる。

それでもいく分落ち着いて見えた。

「私……晃輝さんに話があって……」

少しぼんやりとしたままそう言うと、彼は頬に口づけた。

「ん。そうだったな。……部屋へ行こう」

そう言って彼は芽衣の身体を抱き上げた。

「きゃっ！」

突然の浮遊感に芽衣は声をあげて彼の首にしがみつく。

「こ、晃輝さんっ、私……自分で歩けます」

「だけど身体に力が入ってないみたいだし」

「でも、重いでしょう」

「全然。俺、芽衣なら何時間でも抱いていられる」

彼は軽々と芽衣を抱いたまま、すたすたとリビングまでの廊下を行く。ソファに優しく下ろして、自分は床にひざまずいた。大きな両手で芽衣の頬を包み込み真剣な表情になった。

「本当に、心配かけてごめん。規則として親父のところへ連絡がいくのは仕方がないが、芽衣がどんな気持ちになるのかと思うと……気が気じゃなかった。はじめて自衛隊の規則が憎いと思ったよ」

両親のトラウマを抱えている芽衣に対する気遣いに、芽衣の胸がギュッとなった。頬に感じる確かな彼の温もりに自分の手を重ねて目を閉じる。

帰ってきてくれた。

それをしっかりと実感して芽衣はゆっくりと目を開いた。

「大丈夫です。私、今日はそれを晃輝さんにお話したかったんです。私、もう迷いません。晃輝さんと生きていきたい。……覚悟ができました」

真っ直ぐに晃輝を見つめてそう言うと、彼は目を見開いた。

「晃輝さんが、なにがあっても絶対に帰ってくるって約束してくれたから」

膝の上に置いた芽衣の手に晃輝の手が重なった。

「どこへ行っても俺は必ず君のもとへ帰ってくる」

力強く言い切る彼の瞳に、深い愛情が浮かんでいる。その愛はどこまでも、いつまでも続くと芽衣は確信する。

「その言葉が私を強くしたんです。私、晃輝さんと生きていけます」

頬を熱い涙が伝う。また、泣いてしまったと芽衣は思った。

彼に出会ってからの芽衣は、泣き虫になってしまった。それこそ会ってすぐに涙を見られている。そしてそれ自体、彼が芽衣にとって他の人とは違うという証拠のように思う。

今まで芽衣は、あまり泣かなかった。両親がいない芽衣が泣けば周囲を心配させ、迷惑をかけるからだ。いつもどこか遠慮をして強くなければならないと自分自身に言い聞かせてきた。つらい出来事をつらいと考えるのもやめていたこともあったくらいなのに……。

晃輝の温かい手が優しく芽衣の涙を拭う。この温もりがそばにあれば本当の自分になれるのだ。そして、そうやって生きていきたいと思う。

彼となら、弱いところも情けない姿も、なにもかもをさらけ出してありのままの自分で生きていける。

「今回の航海でも、やっぱり心配でしたけど、前回の時よりは落ち着いていられたんです。晃輝さんが必ず帰ってくるって約束してくれたから」

彼と歩む人生が芽衣にとっての幸せだ。

その道筋がはっきりと見えたような気がした。

「私、晃輝さんを愛しています。晃輝さんと生きていきたい」

「芽衣」

低くて温かな声音とともに、力強く抱きしめられる。

「愛してるよ。決心してくれてありがとう。絶対に大切にする」

彼の背中に腕を回して、芽衣もギュッと力を込めた。

——やっと一緒になれた。もう絶対に離れない。

優しく顎に触れる彼の指先にとくんと鼓動が跳ねたと同時に、優しいキスが降ってくる。

「君を一生大切にする」

低い声音が芽衣の耳をくすぐった。

もう一度、優しいキス。

繰り返される触れるだけのキスに、芽衣は甘い吐息を漏らす。だんだんと、それだけではもの足りなくなってしまう。

誘うように薄く開いた唇に、すかさず彼が侵入した。

芽衣はそれを甘美な喜びでもって受け止める。ともに生きていくと誓い合った後のキスは、とろけそうなほどの幸福感に満ちている。

唇が離れたことに気がついて、ゆっくりと目を開くと、彼の腕に身を預ける芽衣を至近距離から晃輝が見下ろしていた。その瞳にどこか獰猛な色が浮かんでいるように感じて、芽衣の鼓動がずくんと大きく音を立てた。

「あ……晃輝さ……」

「芽衣、君を俺のものにしたい。このまま寝室へ連れていってもいい？」

あくまでも言葉は優しく、芽衣の意思を確認してくれている。たとえ首を横に振ったとしても、彼は許してくれるだろう。けれどそんな目で見つめられては、抗えるはずがない。

彼の腕はもう今すぐにでも抱き上げられるように芽衣の身体に回されている。芽衣の心はひとつだ。彼にもそれはわかっているはず。

大きな手が、芽衣の髪をゆっくりと梳《す》く。そして顕《あら》わになった芽衣の耳元に晃輝が唇を寄せた。

「芽衣、君が欲しくてたまらない」

再び身体の中心が熱くなる。その感覚がいったいなにかもわからないままに、思考がとろとろと溶け出すのを感じながら芽衣はゆっくりと頷いた。

カーテンが引かれた少し薄暗い彼の寝室に芽衣の戸惑いの声が響く。

芽衣を抱き上げ部屋を横切る晃輝が、芽衣の頬や額に絶え間なくキスを落としているからだ。

「あの……、こ、晃輝さん……!」

「なに?」

耳を甘噛みしながらの低い声音の問いかけに、芽衣は身体を震わせる。

「あ、キ、キス……」

「……嫌?」

彼は芽衣をベッドの上に優しく下ろす。そして自分も隣に腰を下ろした。

「芽衣、愛してるよ」

けれど相変わらず、芽衣は腕の中に閉じ込められたまま。真っ直ぐに見つめられては抗えない。

思考が溶けて自分がなにを言いたかったのかさえわからなくなってしまう。

「決心してくれてありがとう。芽衣と生きていけるのが嬉しいよ」

そう言う彼の視線が近づいて……再び吐息を絡め合い、愛を確かめ合う。

彼が芽衣の中を確かめるように時に優しく時に強く刺激するたびに、芽衣の体温が上昇する。

「こ、晃輝さ……んっ」

「芽衣、愛してるよ」

このまま触れてほしいけれど、それでいいとは思えなくて、芽衣は彼のシャツを握りしめる。

「でも私……」

「怖い？」

「怖くは……。ただ」

汗をかいてしまっているのが気になった。

そもそも今日は、朝起きて顔を洗ったところで知らせを聞いたから、そのまま急いで準備してきた。メイクもなにもしていない。

君が欲しいという言葉に、頷いたはいいけれど、今さらそれが気になった。

経験のない芽衣にだってその言葉の意味くらいわかる。それには、今の自分は相応しくないのではないだろうか。

「私、汗をかいてて。マスターに病院から連絡があったって聞いて、起きてそのまま来たから……その、メイクもしてなくて」

芽衣は必死で自分の状況を説明するが、その間も晃輝の攻撃は止まらない。芽衣の頬にキスをして、耳を甘く噛み、首筋に鼻を寄せる。さっき芽衣を軽々と抱き上げていた日焼けした腕ががっちりと芽衣を閉じ込めている。

大きな手が芽衣の髪に差し込まれる感覚に芽衣は声が漏れそうになるのを堪えた。

「俺はそのままの君が好きだ。なにもしてなくても可愛いよ」

芽衣の髪に顔を埋めて心地よさそうに呟いた。

「だけど……」

「もちろん、決心がつかないならすぐにやめる。俺は芽衣の気持ちを大切にすると決めている。だから本当の気持ちを聞かせてほしい。俺にこうされるのは嫌？」

大好きな彼の声音に問いかけられて、芽衣は自分の奥のなにかがとろけ出すのを感じていた。

芽衣だってずっと彼とこうしたかった。この温もりに身を任せたいと思っていた。

彼がいない日々の中でひとり胸につのらせた恋しい想い。それが一気に溢れ出す。

「や、じゃないです……。私も……晃輝さんとこうしたかっ……ん」

その言葉は最後まで言わせてはもらえなかった。はじめから深く入り込む彼に芽衣も夢中ですがりつく。さっきまでの恥じらう気持ちがないわけではないけれど、彼が欲しくてたまらなくなっていく。

「嫌じゃないなら、もう待たない。ずっとこうしたかったんだ。今すぐに芽衣を俺のものにする」

普段の優しくて理性的な彼からは想像もできないほど強引な言葉に、芽衣の胸は熱くなる。こんなにも求められているのだという喜びに頭の中が支配される。

たくましい腕にしがみつき熱いキスを受け止める。

背中に感じる少し冷たいシーツの感覚にベッドに寝かされたのだと気がついた。

「芽衣、愛してる。大好きだ。怖いことはなにもしないから大丈夫」

大きなベッドに横たわる芽衣に、彼は愛の言葉と熱いキスの雨を降らせる。

その手が、芽衣の服の中に侵入して、芽衣から奪い去ろうとする。ひんやりとした空気を素肌に感じて、芽衣は思わず声をあげた。

「あ……ダ、ダメ」

いくらここが薄暗いとはいえ、昼間であることには変わりない。お互いの姿がはっきりと見えるこの状況で服を脱ぐ勇気は芽衣にはなかった。

晃輝に掴まれたTシャツを、身体に腕を巻きつけてギュッと抑えた。

「恥ずかしいので、見えないように……お願いします」

芽衣はそう懇願する。服を着たままなんて、自分がおかしなことを言っているという自覚はある。けれどそもそも芽衣にとってはこんな昼間からこうなることがイレギュラーなのだ。怖いことをしないと約束してくれたのだから聞き入れてくれるはず……。

晃輝がTシャツを掴んだまま、ふっと笑った。

「芽衣、それは逆効果だ。そんなに真っ赤になって可愛くお願いされて、やめる男はどこにもいない」

そう言って再び、芽衣からTシャツを奪おうとする。

「そ、そんな……！　こ、怖いことはしないって言ったのに」

「怖いことはね。ここには俺しかいないし、俺はどんな君も愛してる。なにも恥ずかしくはないよ。ほら、芽衣、腕を上げて。愛してるよ」

首筋に感じる彼の唇の感覚に芽衣の腕の力が抜ける。

「俺は芽衣の全部が見たい。今が昼間でよかったと思うくらいだ」

「っ……！」

芽衣の抗議と抵抗などはものともせずに彼は芽衣の服をはいでいく。

これだけは死守しなくてはと思うものまでも、甘い言葉と深いキスに芽衣が翻弄されているうちに、いとも簡単に奪われた。

あっという間に一糸まとわぬ姿にされて、芽衣は白いシーツの上で身をよじる。

恥ずかしくてたまらないのに、なにかを期待しているように、呼吸が熱くなるのを感じた。

膝立ちになった晃輝が熱を帯びた視線で見下ろしていた。

しわひとつないシャツを乱暴に脱ぎ捨てる。普段の紳士的な行動からは想像もできないその仕草と筋肉質な彼の身体に芽衣の心臓がドキンと跳ねた。

「芽衣、綺麗だ。愛してるよ」

大きな手と熱い唇が、緊張で力が入る芽衣の身体を少しずつほぐしていく。芽衣をこれ以上ないくらい幸せな世界へと昇らせる。

彼の職務内容が、両親のことを抱える自分にとってつらいものだと気がついた時は、彼を愛するこの気持ちが怖かった。愛さなければよかったとさえ思ったけれど。

そうではなかったと今は思う。

彼に出会い愛したことで、本当の意味で両親の死から立ち直ることができたのだ。

──この愛があればなにがあっても大丈夫。

「芽衣、愛してる」

素肌を辿る彼の唇から紡ぎ出される愛の言葉。

「ずっと君が欲しかった。もう絶対に離さない」

剥き出しの彼の欲望を聞きながら、芽衣はそれを心に深く刻み込んだ。

肌ざわりのいい冷たいシーツに頬ずりをして、芽衣はゆっくりと目を開く。視界の先の大きな窓の向こうでは夕日が照らす大海原が紫色と橙色のグラデーションを作っていた。

一瞬自分がどこにいるのかわからなくて、芽衣は起き上がり周囲を見回す。大きなベッドに一糸まとわぬ姿でいるのに気がついて頬を染める。ここが晃輝の寝室だと気がついた。

彼が怪我をしたという連絡を受けて病院に駆けつけてこのマンションへやってきたのがお昼頃、それからふたりは一緒に生きていくということを誓い合い、このベッドで愛を確かめ合ったのだ。

晃輝ははじめてで戸惑う芽衣を急かしたりすることなく優しく時間をかけて、芽衣の緊張をほぐしてくれた。

幸せな時間を過ごしたけれど、いつの間にか眠ってしまったようだ。随分時間が経っている。

『疲れたな、寝てていいよ』

目を閉じる時、そう言って優しく頭を撫でてくれていた晃輝の姿は見あたらない。先に起きてどこかへ行ったのだろうか？

芽衣がそう思って首を傾げていると。

「起きたのか」

リビングへ続くドアが開いて晃輝が入ってきた。

「きゃあ！」

思わず芽衣は悲鳴をあげる。慌ててシーツをたくし上げた。服を着ていないからだ。

晃輝が驚いたように足を止め、真っ赤になる芽衣を見て、くっくっと笑った。

「さっきは見せてくれたのに」

「さっ……！　そ、それとこれとは違います！」

そもそもさっきだって恥ずかしかった。もちろん最後の方はそんなことを気にする余裕はなかったけれど、それと今とはわけが違う。

晃輝が笑いながら、ウォークインクローゼットへ行って黒いTシャツを手に戻ってくる。そして芽衣に頭からすっぽりと被せるように着せた。大きな彼のTシャツで、とりあえず芽衣の恥ずかしいところは隠れた。

ホッとする芽衣を、晃輝は後ろから包み込むように抱き、髪に顔を埋め優しい声で問いかける。

「身体は大丈夫か？　少し無理をさせてしまった」

それが、さっき愛し合ったことを受けての言葉だと気がついて、芽衣の頬が熱くなった。

「だ、大丈夫です……。寝てしまってごめんなさい」

予想していた怖さや痛みはなかった。彼が緊張して固くなる芽衣の身体を、時間をかけて優しくほぐしてくれたからだ。けれどそれと引き換えのように芽衣はくたくたになってしまったのだ。

彼だって同じようなことをして、しかも航海を終えて帰ってきたばかりなのに平然としていられるのが信じられない。さすがは普段から鍛えている自衛官だ。

「いや、まだ眠いなら、好きなだけ寝てていいよ」

「大丈夫です。少しすっきりしましたから」

「ならよかった」

安心したようにそう言って、彼は芽衣をギュッと抱いた。

その感覚に芽衣の胸は幸せな想いでいっぱいになる。愛する人と、ついに結ばれたのだという喜びに満たされた。

「昼食を食べていないから、お腹が空いてるだろう。少し早い夕食にしよう。もう準備はできてるから、シャワーを浴びておいで」

「え？　晃輝さんが料理されたんですか？」

芽衣は驚いて彼を振り返った。

「ああ、まあ簡単なものだけど。芽衣が喜ぶんじゃないかと思って」

夕食、喜ぶというワードに首を傾げながら、彼に促されてシャワーを浴びる。

芽衣が寝ている間に、晃輝が近くの店で調達してきてくれた部屋着を身につけてリビングへ行くと、キッチンから晃輝が芽衣を手招きしている。

「これは？」

レトルトカレーのパッケージが並んでいる。

「海上自衛隊カレー？」

ポップな船が描かれた箱を手に取って、芽衣は説明書きを読む。海上自衛隊所属の各艦艇で金曜日に出されるというカレーを市販用にしたものだ。《呉《くれ》基地セット4》と書いてある。呉基地が母港だという護衛艦や潜水艦の名前が書かれていた。

「わあ、こんなのがあるんですね。金曜日のカレーは各艦艇によって味が違うってマスターが言ってたの本当なんだ。楽しそう！」

パッケージを見比べながら芽衣は言う。どんな味なのか、食べるのも楽しそうだけれど、うみかぜでのカレーの調理の際の参考にもなりそうだ。

晃輝がにっこりと笑った。

「食べ比べができるようにとりあえずルーはご飯と別にしておいた」

そう言ってそれぞれの皿をテーブルに並べていく。

「普段の航海では土産なんて買わないけど、芽衣が喜ぶんじゃないかと思って」

テーブルにはカレーの他に、サラダや火を通した茄子やオクラなどの野菜、カツなどが並んでいる。トッピングして食べられるようにしたのだろう。

「晃輝さんって料理もできるんですね」

席に座り、芽衣は素直な感想を口にした。

「自衛官は、身の回りのことは料理も洗濯も掃除もひと通りできるように叩き込まれているからね。まあこれはレトルトを開けただけだから料理とは言えないが」

ずらりと並ぶ具材の違うカレーと、彼が準備してくれたトッピングの数々に胸が躍った。

「なにから食べようかな。朝から、なにも食べてないからお腹ぺこぺこです」

ふふふと笑って芽衣はお腹をさすると、向かいの席に晃輝が座った。

「たくさんあるから好きなだけどうぞ」

ふたりで手を合わせていただきますをする。四種類のカレーを、トッピングを変えながら食べるのが楽しかった。四種類あるので量が四人前だが、芽衣が食べられない分は、晃輝が食べてくれるというから安心だ。

途中で晃輝の携帯が鳴る。マスターからのメッセージだ。

「芽衣に明日も休むように念押しをしておいてくれってさ」

晃輝が画面を見ながら苦笑する。

「そういうわけには……」

言いかけて、芽衣はあることを思い出す。そういえばもうひとつ晃輝に伝えたい話があったのだ。

芽衣が彼と生きていくと決意するのに、最後に背中を押してくれた衣笠みおの手記のことだ。

「……やっぱり明日はお休みをいただきます。私、晃輝さんに見てもらいたいものがあるんです」

「見てもらいたいもの？」

「はい。晃輝さんと生きていきたいっていう私の心は、あのデートの日にほとんど決まりかけていたと思います。でも、すごく勇気をもらった出来事があって……。晃輝さんは今のうみかぜの場所に昔同じ名前の定食屋があったのを知ってますか？」

晃輝がスプーンを持つ手を止めた。

「……聞いたことがあるな」

「マスターのひいお爺さんの妹にあたる方、衣笠みおさんが営んでおられたお店なんですが。その方が書かれた手記が出てきたんです」

「衣笠……みお」

晃輝が眉を寄せて呟いた。

「はい、写真も出てきたんですが、すごく不思議なんです。私と、そっくりで……マスターもびっくりしちゃって……晃輝さん？」

芽衣は首を傾げた。

晃輝が少し遠い目をして動きを止めたまま、考え込んでいるからだ。

「どうかしたんですか？」

「……みお。聞き覚えがあるような気がする」

「マスターか、お爺さまから聞いたのでしょうか」

彼からすれば血の繋がる親戚だ。父や祖父から話を聞いていてもおかしくはない。

けれど晃輝は首を横に振った。

「いや、違う。前のうみかぜの話は親父が海自を辞めてあの場所に引っ越してからはじめて知ったんだ。その頃には親父との関係はうまくいってなかったから……どこでだろう？　聞いたというより覚えていると言った方が……おかしいな。俺、一度頭に入ったことはどういう状況で聞いたのか忘れないはずなんだが」

一度頭に入ったことは忘れないというのは驚きだが、彼は海上自衛隊の飛び抜けて厳しい教育課程をトップの成績で終えたのだ。そういうことがあってもおかしくはない。

一方で、芽衣には彼の今の困惑がわかるような気がした。芽衣も彼女の存在を知った時、不思議な感覚に襲われた。

彼女のことをまるではじめから知っていたような……。

「みおさん、店のお客さんとして来ていた海軍の将校さんと婚約していたそうなんです」

「海軍将校と？」

「はい、大谷武志さんっていう方だそうです」

晃輝が再び怪訝な表情になる。海軍と海上自衛隊は別の組織ではあるが、似ている。うみかぜで働いていた女性が海軍将校と婚約していたという話が、今の自分たちと似ているのに気がついたようだ。

「その将校は……」

「マスターの話によると、任務で海に出たまま戻らなかったそうです。海上でのことだからご遺体は戻らなくて、みおさんはその方を待ち続けていたって話でした」

その内容に、晃輝がますます険しい表情になった。

「親父、そんな話を芽衣にしたのか」

「私がお聞きしたんです。写真を見て、私、なんだかみおさんを他人とは思えなくて、それで手記を借りて読んだんです」

あの時のまるで昔の自分に励まされているような、懐かしい感覚が蘇る。まるで母からの手紙を読んだような、いやかつての自分からの手紙を読んだような感覚だ。

「みおさん、婚約者の武志さんは必ず帰ってきてくれるって信じておられたみたいです。うみかぜで彼を待っていたんだなと思うと、なんだか私、すごく励まされたんです」

その話を晃輝はどこか納得いかない様子で聞いている。当然と言えば当然だ。大谷武志は帰ってこなかった。ふたりは悲劇的な結末を迎えたのだから。

けれど、あの手記では彼の死には一切触れられていなかった。ただふたりが育んだ柔らかくて温かい愛がそこにあるように芽衣には感じられたのだ。みおは武志の帰りを幸せな気持ちで待ち続けた。

芽衣にはまだふたりの物語は終わっていないように思えたのだ。

「私には、みおさんがすごく強い方のように思えました。武志さんを深く愛しておられたんだなって思ったら、私がうみかぜで晃輝さんを待つ人生もきっと幸せなんだって確信したっていうか……。その手記を晃輝さんに見てもらいたくて」

うまく説明できないのを少しもどかしく思った。

それによく考えたら、自分が感動したからといって、彼にまで手記を見せる必要はないような。けれどどうしても彼にこの話をして手記を見てもらいたい、そうしなくてはならないという強いなにかに突き動かされている。

変なことを言っていると思われるかなと少し心配になったが、彼にそんな様子はなくすぐに頷いた。

「俺もその手記を読んでみたい。……いや、どうしてかはわからないが、読むべきだという気がするな。じゃあ明日は、芽衣の部屋へ行こうか。今日はこのまま泊まるだろう？　さっき部屋着を買ってきた時に泊まるのに必要そうなものは調達しておいたけど、足りないなら追加で買いに行くよ」

話が決まったことにホッとしたと同時に思いがけないことを提案されて、芽衣の頬が熱くなった。

「泊まり!?　えーっと……」

戸惑いながら口ごもる。

もちろん芽衣もこのまま彼とずっと一緒にいたい。けれど唐突に訪れた、彼氏の部屋にお泊まりするという状況に、どうすればいいのかわからなかった。

「もちろん芽衣の気持ちが優先だ。帰りたいなら家まで送る。ただ、俺は今日はずっと君と一緒にいたい。一瞬も離れたくないんだ」

『一瞬も離れたくない』と言われて、断れるわけがなかった。芽衣だって同じ気持ちなのだから。

「私も晃輝さんと一緒にいたいです」

「決まりだな」

満足そうに彼は笑って、テーブルに向かって手を合わせた。

「ごちそうさま」

同じように芽衣も手を合わせる。

「ごちそうさまです。すごく美味しかったです」

なにより彼が芽衣のために考えてくれた趣向をこらしたメニューが嬉しかった。

「喜んでもらえたみたいで嬉しいよ」

「すごく美味しかったし、なにより楽しかったです。ありがとうございました」

そう言ってお皿を片付けるために立ち上がる。後片付けをしようと思ったのだ。

けれどそれに晃輝がストップをかけた。

「片付けは俺がするよ。芽衣はソファでくつろいでて」

「え？　そういうわけにはいきません」

彼には夕食の準備をしてもらったのだ。当然芽衣が片付けをするべきだろう。

「晃輝さんこそ、くつろいでいてください」

すると晃輝がなにやら深刻な表情になった。

「芽衣、俺、これから一緒に生きていくにあたって重要な話をするのを忘れていた。座ってくれる？」

その言葉に芽衣はドキッとしながら座り直した。

彼と生きていくという決意は軽い気持ちで下したわけではない。今さらなにを聞かされても揺るがない自信はあるけれど、晃輝の表情が深刻なのが気になった。

「……はい」

背筋を正して答えると、彼は真剣な表情のまま口を開いた。

「結婚したら、俺たちは一緒に生活する。このマンションでもいいし芽衣の好きな場所に住み替えてもかまわない。俺はなんでも芽衣に合わせる。でもひとつだけお願いがあるんだ」

「はい」

余程のことなのだと思い芽衣はこくりと喉を鳴らした。

「俺が陸にいる時は、家事はすべて俺にやらせてほしい」

「――は？」

芽衣の口から、少し間の抜けた声が出る。予想と大きく外れていたからだ。彼の様子から、もっと深刻な内容を想像していた。

「正確に言うと、料理以外かな。できれば陸にいる時は、芽衣の料理を食べたいから。もちろんそれは芽衣がやりたい時だけでいいんだけど、とにかく掃除とか洗濯とか料理以外の家事はすべて俺にやらせてほしい」

「全部って……そういうわけには」

戸惑いながら芽衣は答える。すべてをやってもらえれば、はっきり言って芽衣は楽だ。料理以外の家事は特に好きなわけではない。仕事が忙しいと疲れて疎かになりがちで洗濯なんかは数日分まとめてやるくらいだ。

でもそれは晃輝だって同じはず。

仕事で疲れているのに、ふたり分の家事をやってもらうわけにはいかない。

「私もやります。晃輝さんだってお仕事で疲れているんだから。全部やってもらうなんて申し訳ないです」

芽衣の言葉に、晃輝が首を横に振った。

「そうじゃない、芽衣。申し訳ないと思うのは俺の方だ。これは俺からのお願いなんだから」

「晃輝さんからのお願い……」

なんだか頭がこんがらがりそうだ。

彼はすべての家事をやりたがっている……そして、やらせてもらうことを申し訳ないと思ってるようだ。

「さっきも言ったけど自衛官は身の回りのことはすべて自分でできるように徹底的に叩き込まれている。誰かを守るという職務に就いている者が自分のこともできないようでは話にならないからね」

そう言われてみれば、確かにこの部屋は完璧に整えられている。思い返してみると寝室のベッドのシーツもホテルのようにピッタリとしてしわひとつなかった。シャワーを使わせてもらった時に借りたタオルも引き出しの中で折り目がきちんと揃えられた状態で収納されていた。

この家は、芽衣の部屋とは比べ物にならないほどすべてが行き届いている。

晃輝が、暗い表情でため息をついた。

「……芽衣に家事をしてもらっても、たぶん俺、無意識のうちにやり直してしまうような気がする……。そしたら、芽衣は気分が悪いだろう？　俺にとってはもう身体に染みついているから、息を吸うのと同じなんだ。だからやり方が悪いとか、そんな風に思っているわけではないんだが」

そこまで聞いて、ようやく芽衣は、彼がなにを心配しているのか理解する。洗濯にしても掃除にしても、芽衣がやった後から、晃輝が手を出してしまいそうだということか。

それでは芽衣が不快に思うだろうと彼は心配しているのだ。

じゃあ、その手出しをやめてくれればいいのに、とは思わなかった。

自衛隊の教育課程の厳しさは、うみかぜでもたびたび耳にする。ほんの少し、シーツの角が曲がっているだけで、同室の隊員全員が連帯責任で厳しい罰を受けるという。

教育課程を終えても艦艇に乗れば、完全に共同生活だ。徹底的に管理された生活を送っている。規律を乱すことは厳禁で、それが国防という大きな使命を負った組織には必要不可欠なのだろう。

プライベートは切り替えて、少しくらい気を抜いてもいいじゃないかというような簡単な話ではないのだろう。

「俺が家事をするからといって、芽衣は気にせず好きなように過ごしてくれていい。部屋を散らかすのも汚すのも、どれだけ洗濯物を出してもいい。芽衣は仕事で疲れているんだから、うちではリラックスして過ごしてほしい」

本当に申し訳なさそうにする晃輝が、なんだかおかしくなってきて芽衣はくすりと笑ってしまう。小さな子供じゃないんだから、芽衣だって自分の分の家事くらいはできるのに。

　芽衣が心配なのは、自分の気持ちではなく彼の体調だった。

「晃輝さんは、それでリラックスできますか？　陸にいる時くらいはゆっくりしてほしいって私は思いますけど」

「それが一番、俺にとってはありがたい。もちろんキッチンは芽衣のこだわりがあるだろうから、教えてくれれば言われた通りに片付けるよ」

「じゃあ、お願いします」

「ありがとう」

　心底安心したように礼を言う彼がおかしくて、芽衣はくすくすと笑ってしまう。

「なんか変です。家事を全部してもらうのは私なんだから、私がお礼を言うべきなのに」

　晃輝が目を細めた。

「だけど航海に出ている時は、芽衣が家事を全部するだろう？　それで平等だ」

「そんな……！　それは私の分の家事じゃないですか」

　そもそも芽衣がやるべき仕事なのだ。全然平等なんかじゃない。芽衣はますます笑いが止まらなくなってしまう。

晃輝が立ち上がり、机を回り込んで芽衣のところへやってきた。そして椅子に座る芽衣を抱き上げる。

「きゃ！」

目を丸くする芽衣の頬にキスをした。

「本当は俺が航海中の間の家事も全部やりたいくらいだ。芽衣には、大好きな仕事に専念してほしいから。それが俺の望みなんだから」

「そ、それは甘やかしすぎだと思います……」

彼の首にしがみついて、芽衣は彼を見上げる。

「そんなふうにされたら、私、ダメになってしまいそうです」

そう言って晃輝を睨むが、彼は眉を上げただけだった。

「べつに芽衣のためじゃないよ。これは俺のためだ。俺がそうしたいだけなんだから」

またもや頭がこんがらがりそうなことを言って彼は芽衣をソファに優しく下ろした。

「というわけで俺が後片付けをしている間、ソファでゆっくりしててくれ。そうでなくても君の身体は今日は疲れている。本当は一歩も歩かせたくないくらいなんだ」

彼に促されるままに、大きなソファに寝かされる。頭にクッションが敷かれた。

芽衣を、くつろぐしかない体勢にして、満足した彼はダイニングテーブルの方へ戻り片付けをはじめる。カチャカチャという音が耳に心地よく響いて芽衣はうとうととしてしまう。

片付けをしてもらっているのに寝るなんてあり得ない。けれどさっき彼が言った通り、今日は少し疲れている。窓の外はとっぷりと日が暮れて月が浮かんでいる。それを綺麗だなと思っているうちにいつの間にか目を閉じていたようだ。

頬が少しくすぐったく感じて目を開くと、目の前に晃輝がいた。どうやら片付けを終えたようだ。

「あ……！ すみません。私……寝て……」

「ん、ベッドに行こうか？ ここだと身体が痛くなる」

穏やかに微笑んで彼は芽衣の隣に腰を下ろす。芽衣の髪を大きな手で優しく梳く。

「すみません……」

「謝る必要はないよ。ゆっくりしてればいいって言ったじゃないか」

「でも……」

片付けてもらっているのに、寝るなんてあり得ないと言おうとした芽衣の唇は、晃輝の唇で塞がれる。

「ん……」

突然の甘い感覚に芽衣は目をパチパチさせて口を閉じた。

「悪いけど慣れてくれ。これから俺と過ごす時の芽衣はこんな感じだ」

そう言って彼は、耳にもちゅっとキスをする。芽衣は困って眉を下げた。

「こんなの慣れそうにありません……」

彼との付き合いがこんなに甘いものだとは想像もしていなかった。もともと優しい人だけれど、それに愛情表現が加わるとなんだか芽衣は真綿で包まれているような気持ちになってしまう。

「寝顔も可愛いかったよ」

ご機嫌でそう言って、彼は芽衣を閉じ込めるように両脇に手をつく。その視線がゆっくりと下りてきて……。

今度は深くて熱いキス。

芽衣の背中が甘く痺れて、身体の奥がジュンととろけるような感覚に襲われる。昼間も数えきれないくらい交わしたはずなのに、まるではじめてのように胸が高鳴る。芽衣の中を余すことなく優しく辿る感覚に、少しぼんやりとした頃、ようやく唇が離れる。

芽衣をギュッと抱きしめて、晃輝がくぐもった声を出した。

「……身体、まだつらいよな」

　芽衣に言ったというよりは、自分を戒めるような呟きに、芽衣の胸がドキンと跳ねた。答えるより先に、彼は芽衣から身を離そうとする。

「なんでもない、気にしないでくれ」

　その彼の腕をとっさに掴み、そのままギュッと力を込める。

　唐突な芽衣の行動を不思議そうに瞬きをする彼に、ドキンドキンと鳴る胸の鼓動を聞きながら目を閉じて口を開く。

「大丈夫です。さっき少し寝ましたし、カレーも食べさせてもらいましたし……だから……」

　自分からこんなことを言うなんて、はしたないと思われるかもしれないという考えが頭をよぎる。けれど伝えたかった。

　彼はまたいつ航海に出るかわからない身なのだ。だからこそ一緒にいる時間は大切にしたい。ずっと腕の中にいて肌を合わせていたいくらいだった。

　恐る恐る目を開けると、情熱的な視線が芽衣を捉えている。

　角ばった大きな手が、芽衣の髪をかき上げて、赤く染まる芽衣の耳元に、低い声が囁いた。

「ベッドへ行こうか」

「これです」

芽衣の部屋のベッドに並んで座り、芽衣は晃輝にみおの手記を差し出した。

怪我をした晃輝をマンションまで送っていきそのまま一日を過ごした後、彼の部屋に泊まった次の日である。

昨夜、彼が準備してくれたカレーを食べた後、再び愛を確かめ合ったふたりは、目覚めると朝から近くのスーパーで買い物をした。今度は芽衣が彼に手料理を振るまいたかったからである。

彼からのリクエストは、煮魚。芽衣は、それに合う青菜のお浸しと卵焼きにお味噌汁で芽衣オリジナルの煮魚定食を作った。

彼のマンションのキッチンで少し緊張しながら調理をする芽衣を、晃輝は終始ニコニコとして見ていた。

『考えてみれば俺、芽衣が料理をするところを見るのははじめてなんだな』

そして、芽衣が作った簡単な昼食を背筋を伸ばして手を合わせ米粒ひとつ残さずに食べてくれた後、芽衣の部屋へやってきたのである。

古くて脆くなっている綴じ糸が解《ほど》けないように、晃輝はそっとページをめくる。

カタカナ交じりの文章を読んでふっと笑った。

「ほとんどレシピじゃないか」

芽衣もくすくすと笑った。

「そうなんです。多分、はじめはうみかぜでの出来事を書き残しておくつもりだったけど、いつの間にかレシピばっかりになってしまったんじゃないかな……と。こんなところにもなんか親近感を覚えてしまって」

晃輝が笑いながら頷いた。

「芽衣みたいだな」

芽衣は木製の箱の中から、みおの写真を取り出した。

「この端の方がみおさんです」

「これは……。本当にそっくりだな」

「こんな偶然あるんだねってマスターもびっくりしてました」

芽衣は写真を見ながら、自分の中の不思議な思いを口にする。

「うみかぜに来た日のことを思い出しました。私うみかぜが定食屋だって知らなかったのに、うみかぜの明かりを見てあそこへ行きたいって思ったんです。なんの根拠もないのに行けばなんとかなるって気持ちになって」

晃輝が眉を寄せて芽衣の話に耳を傾けている。

「マスターはマスターで、従業員を雇うつもりはなかったのに、どうしてかこの子はここにいるべきだって思って私を雇ったっておっしゃってて……晃輝さん？」

「──いつか必ず君のもとへ帰ると約束します」

遠い目をして晃輝がなにかを呟いた。

「え……？」

首をかしげて彼を見ると、一瞬彼と違う誰かの面影が重なったように感じた。その人も芽衣がよく知る人物で……。

「晃輝さん、その約束……」

呼びかけると、彼は瞬きを繰り返し大きく深呼吸をした。

「いや、なんでもない。なんでもないが……。みおさんは、俺が生まれる前に亡くなっているはずだ。会ったことがないのに、こんな気持ちになるのが不思議だな。彼女に関する資料は他にはなかったの？」

「マスターがご実家から持ち帰ったのは、これだけです……」

その時、手記が入っていた箱の底が二重になっているのに気がついた。

「あれ？　まだなにかありますね」

下に隠されるように保管されていた一枚の写真と葉書、それと手紙が一通。

写真の裏には日付と文字が書かれている。

《大正五年八月吉日、うみかぜにて。大谷武志　衣笠みお》

裏返してそこに写る人物に、芽衣は言葉を失った。

以前のうみかぜの建物の前に立ち微笑んでいるひと組の男女が仲睦まじそうに寄り添っている。女性はみお、その隣が武志だろう。

彼が晃輝にそっくりだからだ。

海軍の軍服を着て背筋をすっと伸ばしたその姿が、イベントの日に見た制服姿の晃輝と重なった。胸にあの日の衝動が蘇る。自分は彼と一緒にいるべきなのだと強く感じたあの胸の高鳴りだ。

――もう言葉で確認する必要はないように思った。

晃輝を見ると彼も目を見開いている。これがただの偶然の一致ではないと感じているのが芽衣にもわかった。今の芽衣と同じ衝撃を感じている。

晃輝が箱から葉書を取り出す。宛名は衣笠みお、差出人は大谷武志。

差出人の住所が某所《ぼうしょ》となっているのを考えると、言えない場所から出したものなのだろうか。

《みおさん、お元気ですか。私は息災です。突然の手紙、驚かせたら申し訳ない。君の花嫁姿が見たいです。きっと綺麗でしょう。トンボかカモメになって飛んで行きたい。もし私が、しばらく帰れなかったとしてもどうか悲しまないでください。いつか必ず、姿を変えてでも君のもとへ帰ると約束します。必ず、必ず。その時は君の作った煮魚を食べさせてください》

まるで自分の行く末を予測しているかのような文面だ。彼はこの葉書を出した後、危険な任務を背負い出港したのだろうか。

——いつか必ず、姿を変えてでも君のもとへ帰ると約束します。

さっき彼が口にした約束と、ここに書かれている言葉が重なった。

震える手で、芽衣は今度は手紙を取り出した。

宛先は大谷武志、差出人は衣笠みお、日付はみおの晩年だ。住所は書かれておらず、郵送されたものではなく、みおが人生の幕を閉じる直前に書いた武志の葉書への返事のようだった。

《トンボなのかカモメなのか、どのお姿で帰ってこられるのか、教えてくださったらよかったのに。なにを見てもあなたなのかもしれないと思う毎日でした。でもあなたを想って過ごした日々は幸せでした。生まれ変わっても私はずっとこの場所で、あなたをお待ちしています。必ず帰ってきてください》

──ずっとこの場所で、あなたをお待ちしています。

導かれるようにここへ来た、あの不思議な感覚の答えが出た気がした。

きっと自分は彼と出会うために生まれたのだ。ここへ来ることははじめから決まっていた。

熱い想いが込み上げる。

頭の中にみおと武志が出会い、愛を育んだ日々が走馬灯のように蘇る。

彼女がここで過ごした日々、海を見つめて彼を待っていた幸せな想いが、芽衣の中に確かに存在する。

──やっと帰ってきてくれた。おかえりなさい。

涙に濡れる頬を両手で覆って、芽衣は肩を震わせる。

「……やっと、会えましたね。おかえりなさい」

その肩を、晃輝が抱き寄せ、掴む手に力を込めた。

「ああ、随分時間がかかったが帰ってこられたんだ。……今度こそふたりで生きていこう。これからはずっと一緒だ」

第六章　この街でともに生きていく

晴れ渡った空のもと、青い海がキラキラと輝いている。

ホテルの高層階の部屋で、冷たい窓ガラスに手を着いて、純白のドレスに身を包み芽衣はそれを見つめている。この街へ来て一年半、こんな景色はもう見慣れたけれど、今日はどこか違って見える。それはもちろん芽衣自身の心境が違うからなのだが……。

ドアがコンコンとノックされて、振り返る。

「はーい」

大きな声で答えると心なしか遠慮がちにドアが開く。入ってきたのは従伯母だった。

「芽衣……」

背後でバタンとドアが閉まり、彼女はそう言ったきりその場に立ち尽くしている。目にいっぱいの涙が浮かんでいた。

「綺麗よ……」

「おばちゃん、ありがとう」

芽衣の目にも涙が浮かんだ。

晃輝とともに生きていくと決意してから一年が経ったこの日、晴れてふたりは結婚式を挙げるのである。芽衣は花嫁としての準備を終えて控室で開始の合図を待っている。この部屋は芽衣の親族なら出入り自由。すでに両親がいない芽衣にとっては、育ててくれた従伯母が親族だ。

彼女は足早にこちらにやってくる。そして芽衣の手を取った。

「こんな日が来るなんて」

「おばちゃん、今までありがとう。それから……これからもよろしくね」

芽衣は感謝の気持ちを込めてそう言った。

両親が亡くなって芽衣を引き取ってくれた彼女にはいくら感謝してもしきれない。

あの頃は幼くて自分の悲しみでいっぱいで、自分のことしか考えられなかったが、成長した今、それがどれだけ大変な決断だったかがよくわかる。引き取ってからも相当な苦労をかけてしまった。芽衣を引き取っていなければ、彼女には別の人生もあったかもしれないのだ。

「おばちゃん……本当に……たくさん心配かけて、苦労をかけて、私を育ててくれて」

涙が出てうまく伝えられなかった。

「苦労だなんて思ってないよ、芽衣。芽衣のお父さんとお母さんのことは残念で仕方がないけれど、私は芽衣を育てられてよかったと思う。芽衣は可愛くて頑張りやさんで、私はあなたの存在に何度励まされたか……」

従伯母はそう言って芽衣をソファに座らせ自分も隣に腰を下ろした。

「芽衣を引き取ったのは、もちろん芽衣を放っておけなかったからよ。芽衣のお母さんは小さい頃から私にとって憧れの人だったもの。でももしかしたら、自分のためでもあったのかもって、今は思う」

「自分のため？」

「そう、あの時私は確か三十七歳だったかな？　ちょうど結婚を考えていた男性と少し前にひどい別れ方をして、もう一生ひとりで生きていくんだって決めた時だったのよ。仕事はあるから、お金に困らないけど、きっと寂しい人生になるんだろうなって思ってた」

彼女は芽衣の手をギュッと握りにっこりと笑った。

「でも芽衣と一緒に暮らした日々は楽しかった。寂しいなんて思う暇なんかなかったし」

「……はじめの頃、私学校にも行けなくておばちゃん大変だったよね」

「だけど、少しずつ前を向いていく芽衣が可愛くて愛おしかった。本当に、私、芽衣を引き取ってよかったわ」

「おばちゃん……」

胸がいっぱいで、涙でもうなにも見えないくらいだった。

「だから今日は幸せそうな芽衣を見られて本当に嬉しい。きっと芽衣のお母さんとお父さんもあっちから見てるよ」

そう言って彼女は窓の外へ視線を移す。その先は、青い海が広がっていた。

「うん、私。絶対に幸せになる」

海に向かって芽衣は誓う。それが、両親と目の前の彼女に対する恩返しだ。

「あら大変。芽衣メイクがとれちゃうよ」

涙を拭く芽衣に従伯母は少し慌ててハンカチを出し、芽衣の涙を拭いた時。

「芽衣！」

ノックもなく、バーン！と勢いよくドアが開く。驚いてそちらを見ると、燕尾《えんび》服姿の直哉が立っている。ふたりの前にズカズカとやってきた。

「あああ、ついにこの日が来てしまった〜！」

泣きそうな声でそう言って、芽衣の前に崩れ落ちるように膝をついた。

「直くんスーツが汚れるよ……。それ貸衣装なんでしょ？」

「直哉、ここ花嫁の控室よ。勝手に入ってきて」

従伯母が、咎めるようにそう言った。式の前のひと時をふたりで過ごしていたのに、騒がしく入ってこられたからだ。

「親族様って書いてあったでしょ」

「なに言ってんだよ、おばちゃん。俺だよ？　親族みたいなもんじゃんか。バージンロードを一緒に歩くなら、ここで待っててくれって係の人に言われたから来たんだ」

直哉が口を尖らせて、答えた。

従伯母がため息をついた。

「本当に、このうるさい兄がいながらよく相手を見つけられたね。バージンロードを一緒に歩くなんて駄々を捏《こ》ねて……」

そう、この後直哉は、芽衣の父親代わりとして式の際バージンロードを一緒に歩くことになっている。他でもない彼自身の強い希望だ。

式場からは最近の結婚式は形式がかなり自由になっているから、両家が納得いく形であればなんでもいいと言われている。すでに父を亡くしていて、適切な親族がいない芽衣にとってはありがたいといえばありがたいが、あまり例がないのは確かだ。

「芽衣、晃輝さんは本当に気を悪くされていない？」

「それは、大丈夫だと思うけど……」

「心配性だな、おばちゃんは。俺は新郎本人に了承を得たんだぜ？　今まで芽衣を近くで見てきたのは間違いなく俺だし、俺以外に適任なやつがいないだろう？」

彼はそう胸を張るが、そもそも適任者がいないならバージンロードを歩くという形式すら変えてもいいと言われていた。

でも芽衣は、それについては言わないことにする。うみかぜで式の相談をしている際に、直哉が晃輝に直談判して晃輝が快諾したのも事実だ。

「それに、俺は芽衣の〝兄〟だ。兄がバージンロードを歩くことを嫌がるような、器の小さい男に芽衣はやれない」

「やれないって……あんたが決めることじゃないだろうに」

従伯母が呆れてそう言った。

「とにかく、新郎は気にしなくていい。まったく〝気を悪くされて〟はいない」

直哉が自身満々に言い切った。

「……だけどそういえば、あの時あいつ、『その方が、直哉くんにとってもいいかもしれないね』とかなんとか言ってたな。あれは……」

直哉がぶつぶつと言い、従伯母がこりゃダメだというように肩をすくめた時。

ドアがコンコンとノックされる。

「はい」

答えると、ドアが開き晃輝が入ってきた。

「芽衣、プランナーの方が、もう少ししたら最終打ち合わせでこちらに見えるようだ」

彼は、事前の顔合わせですでに顔見知りの従伯母と直哉に挨拶をして芽衣を見て、瞬きをして口を閉じた。

「わかりました。ここで待っていればいいんですか？」

答えながら、芽衣は動悸が早くなるのを感じていた。晃輝が正装だったからである。しかも通常のモーニングコートではなく、海上自衛官としての正装だ。胸元に階級を表す勲章が輝いている。

カッコいいなんて言葉ではとても足りない。

一方で、晃輝の方もいつもと違う芽衣に驚いているようだった。もちろんお互いに、衣装合わせの際には当日の服装を見てはいるが、メイクをして髪を整えているのとはまた違う。

「芽衣……」

彼が口を開きかけた時。

「あーそうだ！　おばちゃん、あっちでドリンクサービスがあるから行こうぜって誘おうと思ってたんだ。行こう。芽衣、十分後に戻るから」

少しわざとらしくそう言って直哉が立ち上がった。

「そうね、芽衣。後でね」

従伯母もそう言ってふたりはいそいそと部屋を出ていこうとする。芽衣と晃輝をふたりきりにしてくれるつもりだ。

「直哉くん」

晃輝が直哉を呼び止めた。

「今日はありがとう。バージンロードの件、よろしくお願いします」

そう言って頭を下げる。

ピシッとお辞儀をする晃輝の前で、直哉がガクッと項垂れた。

「あー俺、なんか急に自信がなくなってきた……。ちゃんとやれるかな……」

「もーなに言ってんのよ今さら。ほらしっかりして。本番で泣いたりしないでよ！」

従伯母に背中をバシバシ叩かれながら、彼は部屋を出ていった。

ドアが閉まるのを確認して、直哉が芽衣を振り返った。

「ごめん、芽衣。俺じゃましたかな。従伯母さんとゆっくり話をしていたんじゃないか」

「ううん、大丈夫。おばちゃんと話してたところに直くんが乱入してきたところだったから」

芽衣は首を横に振る。視線は晃輝に吸い寄せられたままだった。

久しぶりに、恋に落ちたあの時の強い衝動が蘇った。

ずっと昔、まだ〝生まれる前の芽衣〟も〝彼〟にこんな風に胸をときめかせたのだろう。

そして、彼の方も芽衣と同じことを感じているようだった。

芽衣をじっと見つめたまま、ソファのところにやってきて、芽衣の隣に腰を下ろした。

「思った通り、いや想像以上に綺麗だよ。芽衣の花嫁姿……やっと見られた」

その言葉は、晃輝からの気持ちでもあり〝彼〟からの想いでもある。

「今度こそ幸せになろう。もう絶対に離れない」

「はい……」

熱い想いを堪えきれず芽衣の目に涙が浮かぶ。その涙を晃輝の指がそっと拭った。

なにかに導かれるようにふたりは出会い愛し合った。

それを運命というならばそうだろう。

けれど、今ここでこうしていられるのは決してそれだけではなかったという確信がある。

芽衣は、目の前にいる彼を愛し、彼と生きていくことを強く願った。そのために大きなものを乗り越えた。

今こうしていられるのは、紛れもなく今のふたりの絆なのだ。

「芽衣、愛してる」

真っ直ぐに自分を見つめる彼の視線に、芽衣の心は熱くなる。この視線に導かれるようにここまで来たのだという確信がある。

これからも彼のそばでこうしていたい。たとえ離れている時間があったとしても、心はいつも同じところにある。

「はい。私も晃輝さんを愛してます」

答えると、唇にそっと触れるだけのキスを交わす。

ふたりだけの誓いのキスを、窓の外の大海原が見守っていた。

髪が撫でられるのを感じて、芽衣の意識は浮上する。

ゆっくり目を開くと、晃輝が優しい目で自分を見つめている。

「ん……もう、時間……？」

ぼんやりとしたまま芽衣は彼に尋ねた。

昨夜は、この夫婦のベッドで一緒に眠りについた。彼が先に起きているので、寝坊してしまったのかと思ったのだ。

「いや。まだ時間はある。俺の方が早く目が覚めただけだ。起こしてしまってごめん」

枕元の時計を確認すると、時刻は午前五時半。彼が出勤するのは午前七時の予定だから、まだあと一時間半ほどある。彼の方はまだ部屋着だとはいえ、寝起きというわけではなさそうだ。髪が湿っている。朝起きてトレーニングをした後に、シャワーを浴びてきたのだろう。

「起きてるなら起こしてくれればよかったのに」

芽衣は目をこすりながら起き上がる。晃輝がふっと笑った。

「寝顔を見ていたんだよ。目に焼きつけておきたくて」

そう言って優しく笑う彼に、芽衣の胸がちくりと痛んだ。

今日から彼は長期の航海に出る。

期間は三カ月。帰ってくる頃には季節は変わっているだろう。

晃輝が一旦ベッドから下りて寝室のカーテンを開く。まだ日が完全に昇り切っておらず海が淡く青い光を反射させている。

戻ってきてベッドの上で芽衣を後ろから抱きしめた晃輝が優しく耳元に囁いた。

「大丈夫か？」

その問いかけは、昨夜たくさん泣いてしまった芽衣を心配しての言葉だ。彼とともに生きていくと決意したとはいえ、離れる時の寂しさと心配だという思いは変わらない。結婚してから約半年が経つというのに、まだ目が腫れるくらい泣いてしまうのだから。

それでも彼とともに生きていくという決断を後悔したことは一度もなかった。芽衣の思いを彼がいつも受け止めてくれるから。離れている時の寂しささえも、ふたりで共有しているのだという確信がいつも芽衣を強くしてくれた。

――そして。

「必ず、芽衣のところへ帰ってくる」

耳元に囁かれる約束が、いつも芽衣の心をしっかりと守ってくれるのだ。

彼は、なにがあっても時間がかかっても自分のところへ帰ってきてくれたから。

「はい。ここでお待ちしております」

自分を包む彼の腕にギュッと力が込められた。

振り返り目を合わせて微笑み合う。

「晃輝さん、大好き」

これから三カ月は、直接言えなくなるのだ。言える時に言っておきたい。

晃輝が不意を突かれたように目を開いて、芽衣をギュッと抱きしめ肩に顔を埋めた。

「あー心配だ……」

少し不思議なその言葉に芽衣は首を傾げる。

離れている間、心配するのは芽衣の方だ。彼は船上にいるが、芽衣はずっとこの街にいるのだから。

「晃輝さん？」

呼びかけると、彼は顔を上げる。芽衣の額に自分の額を優しくこつんと当てた。

「芽衣、くれぐれも変に親しく声をかけてくる客には気をつけて。なにかあったらすぐに親父に言って対応してもらうように」

その言葉に芽衣は目を丸くして、次の瞬間に噴き出した。

「そんなこと……まだ心配してるの？　うみかぜのお客さんは皆さんマナーがいいって晃輝さんも知ってるじゃない」

「それはわかっている。でもこの間、防衛大の学生たちに声をかけられていたじゃないか」

「あれは、横須賀に来たばかりだから、街の見どころを教えてほしいって頼まれただけだよ」

防衛大の学生は自由に外出できるわけではなく時間も限られている。だからこそなるべく効率よく街を回りたいと言っていた。

晃輝がため息をついた。

「そんな言葉を鵜呑《うの》みにして……次の休みに案内してくれと誘われただろう？　芽衣、いいか？　あれをナンパと言うんだ。ああいうのはたとえ相手が客でも一切無視をするように」

厳しい顔でそう言う彼に、芽衣は首を横に振った。

「そんなことできないよ。防衛大の学生さんだよ？　休みの日くらい美味しいものをたくさん食べて気持ちよく過ごしてもらいたいじゃない。ちょっとした冗談くらいで目くじら立てたくないよ。晃輝さんの後輩になるかもしれないんだから。それに皆さん『結婚してるからそれはできません』って言えば、すぐに納得してくれるよ」

結婚してからも芽衣は変わらずうみかぜで働いていて、将来はマスターの後を継ぐことになっている。そのマスターの気持ちが最近はよくわかるようになってきた。うみかぜに来る若い自衛官や防衛大学校の学生たちは、将来のこの国に欠かせない人材だ。たくさん食べて健康でいてほしい。近頃は、女性の自衛官も食べに来てくれるようになったのが嬉しかった。

芽衣もマスターのように皆に「おかえり」と言って、お客を迎えられる日も近いと思っている。

「その芽衣の気持ちはありがたい。現役隊員として礼を言うよ。でもナンパやよくない声かけとは別問題だ。既婚者だとはっきり言うのは有効な手段だが、夫は海自の現役だと付け足すともっといい。もう二度と変なことは言わないだろう」

真面目な顔をして無茶を言う晃輝に、芽衣は呆れてため息をついた。

「晃輝さん……。そういうの他のお客さんたちに言ってないよね」

「言ってない」

言い切る彼を信用していないわけではないけれど、あることを思い出して、芽衣はジロリと彼を睨んだ。

「本当に？　皆さんからの私への呼び方が変わったのは、晃輝さんがなにか言ったからじゃない？」

結婚式を挙げてから、客たちの芽衣に対する呼び方が「芽衣ちゃん」から「芽衣さん」に変わったのだ。

結婚したから、もう〝ちゃん〟と呼ばれる立場ではなくなったからだろう、と理解していたが、彼のこの様子を見ると無関係ではないのかもしれない。

「俺はなにも言っていない。すべて彼らの判断だ。でも上官の妻を〝さん〟付けで呼ぶのは普通だと思うよ」

その内容には芽衣も同意見だ。自衛隊は日本一と言っても過言ではないほど、上下の規律を重んじる組織なのだから。呼び方が変わっても客たちと芽衣との関係は良好で、芽衣としても特に困ることはない。けれどなんと言っても、晃輝が至極満足そうなのが気にかかる。

彼は、ずば抜けて優秀な人物でかつ公平な人柄であるから、後輩や部下たちに慕われるのだ。それなのに、芽衣に関しては少し冷静さを欠くように思えた。

「ならいいけど……。晃輝さんはどうしても私が人気者だって思いたいみたいだけど、そんなこと全然ないんだから」

頬を膨らませて忠告をする。結婚してから、もう何度もしたやり取りだ。

「芽衣の前でしか言わないよ。でも、俺が心配しすぎだというのは間違ってる。この前も、後輩が芽衣がうみかぜに来たばかりの頃、芽衣は皆の癒しだから抜け駆けはするなという掟があったと話しているのを偶然聞いた。用心してもしすぎることはない」

「そんなの、晃輝さんからかわれてるのよ」

芽衣が答えると、晃輝がガクッと肩を落とした。

「これだから、心配なんだ……。いいか、芽衣。自衛官は上官をからかったりはしない。しかもこれは偶然耳にしたんだ」

眉を寄せて諭すように言う彼に、なんだか芽衣はおかしくなる。胸に愛しさが込み上げた。

晃輝が誰よりも実直で職務に忠実なのは知っている。

その彼の愛が、自分だけに向けられているのが嬉しかった。

「それでも心配する必要なんて全然ないよ。私は晃輝さんだけを愛しているんだもん」

にっこりと笑ってそう言うと、彼は瞬きをして口を閉じた。

大きな手が芽衣のうなじに差し込まれる。視線が絡み合い唇を奪われた。

軽く触れるだけのキスは、少しずつ濃厚になっていく。大きな手が優しく芽衣の肌を辿る感覚に、芽衣の中の冷静な部分がストップをかける。

「ん……。晃輝さん、時間が……」

「まだ大丈夫。三カ月会えない分、充電させてくれ」

熱い吐息が耳元に囁いたと同時に、シーツの上に寝かされた。


よく晴れた秋空のもと、大海原に向かって灰色の艦艇が出港していく。開店前のうみかぜの大きな窓から、芽衣はそれを見つめている。

果てしなく続く青い色に、静かに両手を合わせた。

――お父さん、お母さん、みおさん、武志さん。晃輝さんをお守りください。

今は亡き人たちにこうしてお願いするのが、ここのところの習慣になっている。自分たちはきっと皆に見守られているのだろうと思うと心強く思えるくらいだった。

「またしばらく、寂しくなるな」と、隣でマスターが呟いた。

「芽衣ちゃん、ごめんね。寂しい思いをさせる仕事で。こうなってみてはじめて俺は待つ者の寂しさがわかったような気がするよ。最近は、妻にも仏壇の前で謝ってばかりだ。寂しい思いをさせてしまった」

眉尻を下げてそう言う彼に、芽衣は微笑んだ。

「寂しいは寂しいですが、幸せだと思います。一緒にいられなくても、心はいつもひとつですから。お義母さんもきっとそう思っていらしたと思います」

悲しい出来事があってもなお、晃輝が父と同じ仕事を目指そうと決めたのは、その証拠のように思えた。

「だといいが。……さあ、いずもは出港したが、代わりにはたかぜが停泊してるから、今日も忙しくなりそうだ」

気合いを入れるようにそう言って、マスターは厨房に入っていく。

芽衣も気持ちを切り替えた。

ここを訪れた人が、美味しいものをお腹いっぱい食べて、笑顔になって帰っていってくれるように、今日も忙しい一日がはじまった。キュッキュッと力を込めてテーブルをピカピカに拭いていると、通りに面した扉がガラガラと開く。

振り返り、芽衣は声を張り上げた。

「いらっしゃいませ！」

了

特別書き下ろし番外編

新婚旅行のハプニング

水平線に沈みかけた夕日が、空をオレンジ色と紫色のグラデーションに染めている。

海岸沿いのレストランのテラス席にて、軽快な音楽を聞きながら芽衣は目の前のテーブルに並べられた山盛りのシーフード料理を見て呟いた。

「どうして……？」

向かいの席で晃輝が肩を揺らして笑った。

「大丈夫だよ、俺が食べるから」

今芽衣は、晃輝とふたりで南の島へ来ている。ようやく取れた晃輝の休暇を利用しての新婚旅行である。

この島へ着いたのが一日前、今日は街を散策したあと、海辺のレストランで少し早い夕食を取ることにしたのだ。

海外自体はじめての芽衣は、実は出発前ほんの少し不安だった。語学がほとんどできないからである。

かつて勤めていたホテルは海外からの客も少なくはなかったが、接客はホールスタッフの役割だった。芽衣は調理の仕事に忙しくそこまで手が回らなかったのだ。

しかもふたりが旅行先として選んだのはニューカレドニア。フランス領で料理が美味しいという評判を知り決めたのだが、公用語が芽衣が唯一少しだけわかる英語ではなくフランス語なのだ。

でも蓋を開けてみれば、そんな心配は無用だった。

フランス語は防衛大時代に第二外国語でやったという晃輝がほとんどのやり取りをしてくれたからである。簡単な会話しかできないと彼は言ったが、それでもホテルのチェックインやレストランの注文をするのにはまったく不自由することはない。一度頭に入ったことは忘れないというのは本当のようだ。

さっきレストランに着席してメニューを決めるまではふたりでした。その後彼の携帯に明日行く予定のダイビングショップから連絡が入り、彼は席を外した。その間にスタッフが注文を取りに来てしまったのである。一瞬芽衣は、彼が戻るまで待ってもらおうかと考えたが、ひとりでやっておこうと思い直した。このレストランのメニューは写真付きだし、身振りでなんとかなると思ったのだ。

注文を済ませて、戻ってきた晃輝と話をしていると、頼んだはずの量の何倍もの量の料理が運ばれてきて驚いているというわけだ。

念のため晃輝が確認をしたところ、スタッフは確かに芽衣が頼んだと答えたようだ。

「ごめんなさい……」

芽衣はしょんぼりとする。なにを間違えたのかさっぱりわからない。

「大丈夫だって」

晃輝が笑いながら目の前のフォークを手に取って、貝やエビを取り分けて綺麗に殻を剥いて芽衣の皿に並べていく。

「美味しそうじゃないか。どうぞ?」

「いただきます」

情けない気持ちはありながら、いい匂いをさせる目の前のシーフードに芽衣の心は踊った。ぷりぷりのエビにぱくりとかぶりついた。

「美味しい!」

晃輝がにっこりと微笑んだ。

そのままふたりで食べている間、晃輝は自分の分のビールのおかわりや芽衣ために追加のナプキンや皿を頼んだりしている。甘いトロピカルジュースを飲みながら芽衣はそれを見つめていた。

どこにいても、どんなシチュエーションでも堂々としている完璧な振る舞いに、はじめてデートした日を思い出す。

あの日も彼は芽衣を完璧にエスコートしてくれた。彼が一緒だったから、普段絶対に行かないような高級店で気後れしていた芽衣でも、心から食事を楽しめたのだ。

あのレストランは日本語が通じたけれど……。

「どうかした?」

ビールを飲む彼に問いかけられて、芽衣はトロピカルジュースをこくりと飲んで口を開いた。

「晃輝さんって、できないことはないのかなって思って」

「なんだ急に。あるよ」

晃輝が瞬きをして首を傾げた。

「でも、私にはないように思える……。だってフランス語までできるなんて」

「できるって言うほどじゃないよ。旅行で困らない程度だから」

「そうだけど……。私は料理のオーダーも失敗するくらいなのに」

口を尖らせてそう言うと、晃輝がふっと笑って腕を伸ばし大きな手で芽衣の髪をくしゃっと撫でた。

「まだ気にしてるのか。芽衣は海外自体がはじめてなんだから、失敗くらいあるだろう。なんでも慣れだって」

大好きな彼の手の感触に芽衣の胸は温かくなる。でも同時に、なんだか心がもやもやするのを感じた。どうしてか今彼が口にした言葉が気にかかる。

トロピカルジュースをマドラーでかき混ぜながら呟いた。

「晃輝さんは慣れてるんだ……女の人との食事に」

不意を突かれたように瞬きをする晃輝の視線から逃れるように目を伏せた。

「慣れってそういう意味じゃないんだけど。まぁ……そりゃ芽衣の前にも付き合った人がいたのは確かだけど、べつに俺は女性との食事に慣れてるわけじゃないよ」

優しい彼の言葉にもそうですかと素直に納得できなかった。

「そうだけど……」

彼が自分以外の女性を今と同じように完璧にエスコートしているところを想像すると、もやもやが止まらない。こんなこと今まで思ったこともなかったのに。

「芽衣、こっちを見てくれる?」

晃輝が持っていたフォークを置いて芽衣を呼ぶ。つまらないやきもちを焼いて呆れられたのかと思いながら視線を上げると、彼は相変わらず優しい眼差しで芽衣を見ていた。

「ずっと前に、俺は芽衣と出会わなければ結婚自体しなかったと言ったのを覚えてる？」

その問いかけに、少し考えてから芽衣はこくんと頷いた。まだふたりが結婚を決める前の話だろう。

「あの話は本当だ。確かに俺は若い頃、何人かの女性と付き合った。誰に対しても誠実な付き合いをしたつもりだったけど結婚については話は別で、誰とも結婚するつもりはなかった」

そういえばマスターがそのような話をしていたと思い出す。つらい別れ方をした両親を見ていた経験から来る決意だったのだろう。

「二十代後半になってからは、そもそも付き合い自体を避けるようにした。年齢的にどうしても結婚を意識せざるを得ないから相手にも失礼になる。女性との出会いの場になりそうなところへは行くのは避けて、上司から見合いの話も断っていた」

「そうなんだ……」

誠実な彼らしい判断だが、そこまで徹底していたとは驚きだった。

「だから、本来なら芽衣と出会ってもこうはならないはずだったんだよ」

その言葉の意味するところに気がついて芽衣の頬が熱くなる。

結婚しないと決めていた彼は、相手が誰だろうと女性と付き合うつもりはなかった。それなのに、芽衣と恋に落ちた。つまりそれだけ彼は芽衣を……。

「……変なこと言ってごめんなさい」

芽衣は眉を下げる。彼はいつも芽衣に対して誠実に愛を伝えてくれる。芽衣が不安になるような行動は一切しないのに、子供っぽい嫉妬をしてしまったのが申し訳なかった。

晃輝がふっと笑った。

「いや、むしろ俺は嬉しいよ。こんな可愛いやきもちなら大歓迎。でも芽衣が不安な気持ちのままなのは嫌だから説明はさせてくれ。……安心した？」

彼からしたら濡れ衣に近い、うっとおしいことを言ってしまったにもかかわらず、いつもと同じように愛おしげに自分を見つめる眼差しに、芽衣は自分が大きな愛に包まれていると確信する。これ以上ないくらいの幸福感に、心がふわふわとするのを感じながら頷いた。

「大丈夫か？」

オーシャンビューのホテルの部屋で、キングサイズのベッドに横たわる芽衣を、晃晃輝が心配そうに覗き込む。大きな手が髪を撫でるのを心地よく感じながら、芽衣は甘い息を吐いた。

　レストランを後にしたふたりは夜風にあたりながら、ホテルの部屋に戻ってきた。
本当は食事の後、海岸沿いを散歩する予定だったのに、それをせずに帰ってきたのは、
芽衣が酔ってしまったから。食事の途中で気がついたのだけれど、芽衣がトロピカル
ジュースだと思って飲んでいたものが、実はアルコールが入ったカクテルだったのだ。
　つまり芽衣は、料理のオーダーだけでなくドリンクも間違えてしまっていたという
わけだ。
　実は芽衣はアルコールにはあまり強くない。だから飲む際は自分のペースで無理な
く少しずつ飲むように気をつけている。けれど今夜はジュースだと思っていたからハ
イペースで飲んでしまった。
　そしてレストランを出た途端、世界がぐるぐるとしはじめたのだ。晃輝に危なげな
く支えられて帰ってきて、ベッドに寝かされたところである。
「ごめんなさい……」
「いや、これは芽衣の失敗じゃないよ。気がつかなかった俺が悪い。料理のオーダー
を間違えたとわかった時点でスタッフに確認するべきだった。気持ち悪くないか？」

ベッドに腰掛けて晃輝が眉を寄せた。

「大丈夫です。ちょっと暑いから晃輝さんの手、気持ちいい……」

芽衣は少しひんやりとした彼の手に頬を寄せた。すると彼は安心したように微笑んで、芽衣の求めに応じるように火照った芽衣の頬を優しく撫でた。

「今日はこのまま寝るといい」

「ん……」

彼の言葉に芽衣は一旦頷いた。そうした方がいいのは確かなのだが、どうしてかほんの少しそれではもの足りないような気がして、肌触りのいいシーツの上で身体をよじる。

「晃輝さん」

ゆっくりと目を開いて潤んだ瞳で見つめると、晃輝がなにかを堪えるような表情になった。

自分を見下ろす視線が熱を帯びる。それに連動するように芽衣の身体も熱くなった。

「私、まだ……寝たくない」

頬に添えられた彼の手に口づけて、普段なら自分から口にしない胸の奥の恥ずかしい願いを口にする。男らしい彼の喉元がごくりと動くのを見つめているうちに、もう一方の彼の手が枕元に置かれる。

彼の腕と身体に囲まれて、胸を高鳴らせたと同時に熱く唇を奪われた。

ザザーンという心地のいい波の音を聞きながら、エメラルドグリーンの美しい海に目もくれず芽衣はオレンジジュースが入ったグラスを眉を寄せて見つめている。さっきホテルのスタッフが、プライベートビーチで海水浴を楽しむ芽衣のために持ってきてくれたものである。

芽衣がレストランの注文を間違えてしまったという出来事があってから一夜明けた日の午後、この日の予定は一日フリーだから、ふたりはホテルのプライベートビーチで過ごしている。

さっきまで芽衣は晃輝と一緒に海の中にいた。

けれど、少し疲れを感じて先に上がってきたのである。

そして砂浜に置かれたチェアに座り海を眺めていると、ホテルスタッフに飲み物はどうか？と尋ねられた。そしてオーダーした通りオレンジジュースが運ばれてきたのだが、すぐには飲まずにサイドテーブルに置かれたグラスを見つめている。それはもちろん、昨日の失敗が頭をよぎったからで……。

「大丈夫、それはオレンジジュースだよ」

声をかけられて振り返ると、いつの間にか晃輝が海から上がっていた。あまりにも真剣にジュースを見つめていて気がつかなかったようだ。

「ここに来る前に確認したけど、ビーチで提供するドリンクはノンアルコールだって書いてあったよ」

どうやら彼には芽衣の考えなどお見通しのようだ。

ホッとしつつ、芽衣は頬を染めた。

昨夜は、意図せず酔っ払ってしまって大失態をしでかした。

レストランでの食事の際、彼のちょっとした言葉にやきもちを焼いて、くだらないことを言ってしまったのも恥ずかしいけれど、それよりもホテルに帰ってからのことを思い出すと顔から火が出そうな心地がする。

酔っ払った芽衣は、晃輝からもう寝るようにと言われたのに、素直にそうせずに彼を誘ってしまったのだ。しかもその後もベッドの上で普段なら絶対に言わないような言葉を口にしてしまって……。

アルコール自体が嫌いというわけではないけれど、しばらくは飲まないようにしようと決意する。

「そうなんだ……。まぁ、そうだと思ったけど」

頭に浮かんだ昨夜の記憶を振り払うようにそう言って、オレンジジュースをこくりと飲む。きっとそんな芽衣の考えもお見通しなのだろう。晃輝がふっと笑って芽衣の耳元に囁いた。

「芽衣の本心を聞けたから、俺は嬉しかったよ」

「な……もう!」

熱くなった頬を膨らませて声をあげると、晃輝がはははっと笑った。

了

あとがき

この度は、『一途な海上自衛官は時を超えた最愛で初恋妻を離さない～100年越しの再愛～』をお手に取ってくださりありがとうございました。お楽しみいただけましたでしょうか。

今回は、時を超えて巡り合ったふたりの運命の恋、という私にとってははじめての設定でした。加えて、ヒーローがこれまた私にはあまり馴染みのない職業でしたので、普段とは勝手が違い、下調べなどもいつもより時間がかかりましたが、その分とても好きなお話になりました。

今回のヒーローは、海上自衛官です！　海上自衛官って調べれば調べるほど、カッコいいお仕事でした。自衛官というとちょっと固いイメージですよね。しかも前世が軍人さんですから、絶対に硬派な男性にしようと思って頑張りました。

ヒロインにぐいぐい迫るわけではないけれど、そこがかえって素敵！と思ってもらえていたら嬉しいです。

また現在進行形のストーリーの中に、悪い人が出てこない設定も、私としては珍しいかなと思います。（チーフは悪い人ですが過去の人なので……）意地悪な敵役が、嫌味をバンバン言うシーンを書くのも好きですが、こういうタイプのお話も優しい気持ちになれてよかったです。

さてイラストを担当してくださったのは、れの子先生です。先生にご担当いただけると聞いた時から最高な表紙になるのは間違いなし！と思っていましたが、仕上がりは想像以上でした。真っ白な制服がカッコいい〜！　きっとカバーイラストに惹かれて、この本をお手に取ってくださった方もたくさんいらっしゃると思います。れの子先生ありがとうございました！

またこの本を出版するにあたりましてご尽力くださいました編集部の皆さまはじめすべての方に厚く御礼申し上げます。皆さまのお力添えのおかげで出版まで辿り着くことができました。

最後になりましたが、私の作品をお読みくださる読者の皆さま、いつもありがとうございます。これからも素敵なお話をお届けできるよう精進します。

皐月《さつき》なおみ

皐月なおみ先生への
ファンレターのあて先

〒104-0031
東京都中央区京橋1-3-1
八重洲口大栄ビル7F
スターツ出版株式会社　書籍編集部　気付

皐月なおみ先生

本書へのご意見をお聞かせください

お買い上げいただき、ありがとうございます。
今後の編集の参考にさせていただきますので、
アンケートにお答えいただければ幸いです。

下記URLまたは二次元コードから
アンケートページへお入りください。
https://www.ozmall.co.jp/enquete/IndexTalkappi.aspx?id=2301

ベリーズ文庫

この物語はフィクションであり、
実在の人物・団体等には一切関係ありません。

一途な海上自衛官は時を超えた最愛で初恋妻を離さない ～100年越しの再愛～【自衛官シリーズ】

2025年1月10日　初版第1刷発行

著　者　皐月なおみ
©Naomi Satsuki 2025

発行人　菊地修一

デザイン　カバー　アフターグロウ
フォーマット　hive & co.,ltd.

校　正　株式会社文字工房燦光

発行所　スターツ出版株式会社
〒104-0031
東京都中央区京橋1-3-1　八重洲口大栄ビル7F
TEL　03-6202-0386（出版マーケティンググループ）
TEL　050-5538-5679（書店様向けご注文専用ダイヤル）
URL　https://starts-pub.jp/

印刷所　大日本印刷株式会社

Printed in Japan

乱丁・落丁などの不良品はお取替えいたします。
上記出版マーケティンググループまでお問い合わせください。
定価はカバーに記載されています。

ISBN 978-4-8137-1685-3　C0193